vs. 첫사랑

KB134378

WHITE VS. BLACK

SHIROKUSA & KUROHA

NAME

루 스에하루

소꿉친구인 쿠로하의 호의를
알고 있지만 첫사랑인 시로쿠
사를 포기하지 못하던 와중
에 여자친구가 생겼다는 것을
알고 산화함.

소꿉친구

NAME
시다 쿠로하

동안 미소녀이자 돌보기
좋아하는 누나 같은 성격.
밝은 성격으로 모두에게
상냥한 학급의 인기인.

소꿉친구가 절대로 지지 않는 러브 코미디

OSANANAJIMI GA ZETTAI NI

MAKENAI

LOVE COMEDY

[글]

니마루 슈이치
SHUICHI NIMARU

[그림]

시구레 우이

프롤로그

*

"저기, 1-E의 카치 맞지?"

사람은 사랑에 빠지는 순간을 알 수 있을까.

물론 연애 경험이 풍부한 사람 중에는 관찰하면 알 수 있다는 사람도 있을 것이다. 하지만 나는 솔직히 그 사람이 아는 척만 하는 것이라고 생각한다.

왜냐하면, 사랑은 '빠지는 것'이라고 생각하지 않으니까.

"너……."

돌아본 그 애가 살짝 놀란 뒤에 어째서인지 미소를 지었다.

우연이었다.

나는 귀갓길에 돌아다니는 것을 좋아해서 언제나 역까지 최단 거리로 가지 않고 제방을 따라 멀리 돌아서 역으로 향했다.

이유는 단순했다. 나는 딱히 학원에 다니는 것도 아니고 방과 후 특별 활동도 하지 않아서 시간이 많았기 때문이다. 그리고 이쪽으로 가는 편이 기분이 좋았으니까.

그렇게 걷고 있었더니 자전거를 탄 카치 시로쿠사가 나를 추월했다.

카치의 소문은 같은 반이 아니어도 몇 번이나 들었었다.

──소설가라고 했다.

동급생인데 이미 소설가로 데뷔했다. 조금 다른 세상의 사람
같았다.

또한 카치가 대단한 미인에 쉽게 다가갈 수 없는 쿨한 성격이
며 언제 보아도 혼자인 데다가 주위 사람들과 잘 어울리지 않는
다는, 그런 천상천하 유아독존 같은 강한 개성도 관심을 가지기
에 충분한 요소였다.

그래서 카치의 소설을 읽어 보았다. 그리고 솔직하게 감동했
다.

나는 어느 사이엔가 카치에게 말을 걸어보고 싶다는 생각을
하게 되었다.

그러나 카치는 혼자 있어도 언제나 주목을 받았다. 평소에 아
무와도 이야기를 나누지 않았기에 말을 걸려고 하면 엄청나게
주목을 받게 된다. 멘탈이 약한 나는 상상만으로도 내키지 않아
서 망설이고 망설인 끝에 결국 언제나 오늘은 관두자며 포기했
다.

그럴 때 찾아온 우연이었다.

나를 추월했던 카치는 길옆에 자전거를 세우고 제방 계단을
올라가 있었다.

아무래도 강을 바라보고 싶은 모양이었다.

주위에는 아무도 없어서 말을 걸려면 지금이 절호의 기회였

다. 이런 찬스는 이제 두 번 다시 없으리라 생각했다.

고동이 심해지고 손에 땀이 나기 시작해서 오늘도 관두자는 결단을 할 뻔한 자기 자신을 질타하며 마침내 말을 건 것이 앞서 말한 대사였다.

"G반의 마루 군이었던가?"

"——어?!"

솔직히 놀랐다. 성적도 외모도 운동 실력도 평범한 나를 설마 카치가 알고 있으리라고는 생각도 못 했다.

"아니야?"

"아니, 마, 맞아! 마루야. G반의 마루 스에하루! 용케 날 알고 있었네?"

"같은 학년이라면 이름과 얼굴은 대부분 알고 있거든."

역시 고등학교 1학년에 소설가 데뷔를 한 재녀였다. 말하는 차원이 달랐다.

"그래서…… 무슨 일이야?"

카치의 길고 아름다운 흑발이 바람에 나부꼈다.

하지만 넋 놓고 보고 있을 수는 없었다. 카치는 쿨한 성격으로 유명했으니까. 넋 놓고 있기라도 한다면——.

'용건도 없으면서 말을 건 거야? 나를 뭐라고 생각하는 거야? 나는 쇼윈도에 진열된 인형이 아니니까 구경거리로 삼을 생각이라면 그만 가주겠어?'

이런 인정사정없는 말을 들을 게 뻔했다. 그런 식으로 퇴짜를 맞고 시무룩해진 남학생의 모습을 교내에서 몇 번이나 본 적이 있었다.

모양 좋은 입술이 당장에라도 나를 주눅 들게 하려고 기다리고 있는 것만 같았다.

하지만 나는 불순한 생각으로 말을 건 것이 아니라고 자신을 격려하며 긴장을 삼키고는 단숨에 내뱉었다.

"──소설 읽었어."

카치의 눈꺼풀이 살짝 움직였다.

"……내 책?"

"응, 카치의."

카치가 잠시 시간을 둔 뒤에 나를 올려다보며 물었다.

"……감상을 들려줄 수 있겠어?"

나는 소설 내용을 머릿속에서 반추했다.

주인공은 열한 살 소녀 마시로. 그 애는 서툴고 내향적인 성격이었다. 그 탓에 따돌림을 당해서 등교 거부를 하고 자신의 상상 속 세계에 틀어박히게 된다. 거기서부터는 환상인지 현실인지 알 수 없는 세계의 이야기가 되며 그곳에서 밝고 쾌활한 동갑 소년 하루토와 만난다.

이 소설이 문학적으로 평가받는 이유는 따돌림이라는 사회 문제를 과감하게 써 내렸기 때문이다. 소녀의 고뇌와 해결에 이르기까지의 여정이 환상적인 표현과 은유로 채색되어 생생하게 묘사되어 있었다.

하루토와 만나 용기를 얻은 마시로가 마지막에 따돌림을 극복하는 순간에 하루토가 사라져가는 장면에서는 나도 모르게 눈물을 글썽이고 말았다.

　그랬기에. 평론가처럼 조리 있는 말은 못하지만 감동을 전하고 싶어서—— 나는 충동에 몸을 맡기며 솔직한 마음을 입에 담았다.

　"무척 좋았어. 감동했어."

　카치가 입가에 손을 가져다 대며 눈을 크게 떴다.

　눈가에 눈물이 살짝 고여있었다. 상상 이상으로 기뻐해 준 모양이었다.

　카치가 냉혈이라는 소리까지 듣는 쿨한 표정을 무너트리며 생긋 미소 지었다.

　"——고마워. 네가 그렇게 말해 줘서 정말로 기뻐. 지금까지 노력해서…… 정말 다행이야."

　그 뒤로 딱히 이야기에 꽃이 피는 일도 없이 나와 카치의 대화는 끝났다.

　나는 줄곧 전하고 싶었던 말을 할 수 있었다는 기쁨과 만족을 느끼고 있었다.

　그러나 그뿐만이 아니었다. 왠지 모르게 카치의 웃는 얼굴이 머릿속에 계속 남아 있었다.

　나는 또 카치와 이야기를 나누고 싶어졌다.

　모처럼 작가와 이야기를 나눌 수 있었으니 좀 더 자세하게 좋았던 점을 말했으면 좋았을 텐데. 캐릭터의 어느 부분이 좋았다거나, 어느 장면에서 감동했다거나.

그런 생각을 하던 가운데 깨달았다. 그건 카치와 이야기를 나눌 구실을 찾는 것뿐이지 않은가 하고. 소설 이야기보다도 그저 카치와 이야기를 나누고 싶은 것이 아닌가 하고.

그래서 깨닫게 되었다. 어라, 나는 어쩌면 카치를 좋아하는 게 아닐까 하고.

"아니, 그럴 리가 없잖아."

그게, 첫사랑이란 좀 더 엄청난 느낌 아닌가? 두근거려서 잠들지 못한다거나, 얼굴이 새빨개져서 말도 못 하게 된다거나. 그렇게 되지도 않았고, 카치는 미인이지만 그것만으로 반한다는 것도 뭔가 아니지 않나?

그렇게 생각하기 시작한 무렵에는 이미 '독'이 완전히 침투해 있었다.

그래, 독이다.

사랑은 빠지는 것이 아니다. 온몸으로 퍼져서 잠식하는 것이다──. 나는 그렇게 생각한다.

처음에는 깨닫지 못하고, 어느덧 전신을 침식하고, 깨달았을 때는 이미 늦는다.

고등학교 1학년 겨울.

나는 사랑에 중독되었다. 첫사랑이었다.

그 첫 번째
차고 차이는 트라이앵글

＊

2학기가 시작되자 학교에는 평소와는 다른 분위기가 감돌았
다.

딱히 여름방학의 추억에 빠지거나 숙제를 끝내지 못해서 고민
이라거나 그런 건 아니었다.

긴장과 불안. 학교 축제가 다가오고 있었기 때문이다.

사립 호즈미노 고등학교의 축제에는 학생회가 주최하는 어떤
이벤트가 있었다. 그건 7년 전에 개방적이고 카리스마성을 자
랑하던 학생회장이 시작한 것으로 텔레비전 방송을 따라 한 기
획인 듯했다.

그 학생회장은 학생회 주최의 축제 행사를 의논하던 중에 이
렇게 말했다고 한다.

'여자에게는 밸런타인데이처럼 고백할 계기가 되는 기회가
있어. 그런 데 남자에게는 왜 없지?'

그런 이유로 학생회 주최 이벤트 '남고생의 외침' —— 통칭
'고백제'가 다가와 있었다.

2학기가 개시됨과 동시에 다들 조바심을 내기 시작하는 건 대부분이 여름방학 동안에 아무 일도 없었기 때문이다.

  여름방학이 되면 뭔가 있겠지? 하는 어렴풋한 기대를 품었지만, 보란 것처럼 아무 일도 없이 신학기가 시작되고 말았다.

  그리고 아뿔싸, 어쩌지, 늦었다, 하고 후회하다가 깨닫는 것이다.

  아니, 잠깐 있어 봐. 우리 학교에는 '고백제'가 있잖아. 다행히도 축제는 9월 15일이야. 이거라면 충분히 만회할 수 있어.

  그렇게 각오를 다지는 부분까지가 전형적인 패턴이었다. 그러나 그 뒤에 냉정해져서 번민에 빠지는 것이 통과의례였다.

  그럴 것이 고백은 전교생들 앞. 체육관 무대 위에서 한다. 어지간히 배짱 좋은 녀석이라도 소심해져서 다리가 떨리는 법이다.

  하지만 리스크를 감수할만한 가치는 있었다. '고백제'의 커플 성립률은 대단히 높다고 하니까.

  일종의 흔들다리 효과라고도 한다. 전교생들 앞에서 고백을 받은 여자는 노도와 같이 몰려드는 중압감과 수치심에 착란 상태가 된다. 그렇게 되면 성공한 것이나 다름없는데, 몰아세우듯이 한 번 더 고백하면 사실은 좋아하지도 않는데 그만 승낙하고 마는 것이다. 뭐, 솔직히 말해서 진실인지 거짓인지 수상한 이야기였지만 교내에서는 진실인 것처럼 그렇게 소문이 돌았다.

  거기에 용기를 쥐어 짜내는 남자가 평소의 세 배는 더 멋지게 보인다는 이야기나, 커플 성립을 모두가 보았기에 헤어지기가 어렵고 오랫동안 잘 사귄다는 등의 이야기도 있어서 리스크에 걸맞은 리턴이 있다고 인식되었다.

그런 이유로 여름방학 때 잘 풀리지 않았던 뒤처진 우리 남정네들은 신학기가 되자마자 홀로 갈등과 싸우고 있었다.

"――그래서 스에하루. 넌 어쩔 거냐."

점심시간의 교실. 샌드위치를 한 손에 들고 말을 걸어온 건 정면에 앉은 척 봐도 경박해 보이는 갈색 머리칼의 남자애였다.

카이 테츠히코―― 친구라기보다는 악연에 가까웠다. 고등학교 1학년 때 같은 반이 된 테츠히코가 말을 걸어온 이후로, 왠지 말이 잘 통해서 이렇게 언제나 점심밥을 함께 먹는 사이였다.

"응? 뭘 어쩌라고?"

"'고백제' 말이야. 너 나갈 거냐고."

"왜, 왜 그, 그런 걸 무, 물어보는데?"

시선을 슬쩍 피하며 말하자 테츠히코가 가차 없이 지적했다.

"말 더듬지 말고."

"윽……."

나는 소리치고 싶은 기분을 눌러 참았다.

'그 정도는 눈치채라고!'

그렇게 생각했지만 이 말을 털어놓으면 좋아하는 애가 있다는 것을 고백하는 거나 마찬가지였다. 그래서 고개를 돌리며 얼버무렸다.

사실 나는 '고백제'에 참가할 생각이었다.

　여자친구 없이 17년.

　여자친구가 뭐임? 하고 생각했던 초등학생 시절.

　관심은 좀 있었지만 자신과는 동떨어진 일처럼 느껴져서 허송세월 보내던 중학생 시절.

　주변에 사귀기 시작한 녀석들이 늘어나서 슬슬 위험한가? 하고 생각하기 시작한 고등학생 시절.

　그러는 사이에 고등학교 2학년의 여름이 지나가 버리고 말았다.

　하지만 슬슬 현실을 직시해야만 했다.

　흔히 그런 생각을 하잖아? 좋아하는 아이에게 혹시 고백을 받지 않을까? 하는 생각. 뭐, 전혀 근거도 없으면서 이다음 이벤트에서 거리가 가까워지지 않을까? 하고. 조바심내지 않아도 분명 어떻게든 잘 풀릴 거라고 말이야.

아니, 그럴 리가 없잖아아아아아아아아아!

　——그렇게 나는 마침내 깨달은 것이다.

　그래서 '고백제'까지 좋아하는 상대를 누군가에게 들키고 싶지 않았다.

　'……그보다 테츠히코 녀석.'

　좋아하는 상대라는 건 극비 정보잖아. 이 녀석은 뭘 아무렇지도 않게 물어보는 거지? 만일 주위 사람들에게 들켜서 '너 누구누구를 좋아한다며? 그으래~? 아니, 아무래도 좋긴 한데 ㅋ' 같은 소리라도 들으면 더 이상 못 산다고.

그런 내 생각을 아는지 모르는지 테츠히코는 책상에 팔꿈치를 괴며 돈가스 샌드위치를 입에 집어넣었다.

"스에하루 말이야, 평소에는 알기 쉽다고 할까, 평범하지?"

"뭐야, 테츠히코. 비꼬는 거야?"

"아니, 순수한 의문. 너 그렇게 재능이 있으면서——."

사람에게는 듣고 싶은 말과 듣고 싶지 않은 말이 있다.

나에게 있어서 후자의 전형적인 말이 방금 테츠히코가 입에 담은 말이었다.

"……그 소리는 하지 않기로 했잖아."

"그래그래. 알고 있어."

테츠히코에게 반성하는 기색은 없었다. 도발적인 웃음을 지을 뿐이었다.

뭐, 그런 녀석이라는 건 알고 있었으니 나도 지나간 일로 하고 단팥빵을 입안에 넣었다.

"그래서 '고백제' 이야기로 돌아가자면."

"끈질기네. 너는 어떤데? 안 나가냐?"

그렇게 되묻자 테츠히코가 히죽 웃었다.

"아, 듣고 싶어?"

테츠히코는 기다렸다는 듯이 눈썹 밑으로 내려온 하늘거리는 갈색 머리칼을 보란 듯이 넘겼다.

"지금 말이지, 일곱 다리 중인데 슬슬 귀찮아졌거든. 그 왜, 요일마다 한 명씩 준비해놓은 건데 역시 토, 일은 한 사람만 보기엔 시간이 아깝잖아? 그래서 두 사람씩, 때로는 세 사람씩 만났는데 역시 조정이 힘드니까. 슬슬 퀸카 한 사람 골라서 '고백제' 때 노릴 생각인데 어때?"

"대단한데. 이 정도로 사람을 열 받게 하는 것도 대단해. 살의가 다 생긴다."

다른 녀석이라면 허세 부리지 말라거나 바보냐는 등의 태클로 끝내겠지만 테츠히코는 좀 사정이 달랐다.

진짜로 엄청나게 인기가 많았다.

뭐, 얼굴을 보면 알 수 있다. 잘생겼다. 그래서 인기가 많은 것도 당연했다.

그러나——.

"너 말이야, 여름방학 전에 세 다리 걸려서 여자애들에게 개무시 당하고 있지 않아? 어떻게 일곱 다리나 걸친 거냐."

"바보야, 당연히 전부 다른 학교 애들이지. 알다시피 나는 교내 여자들 기준으론 쓰레기보다도 계급이 낮잖아. 예를 들면…… 이렇게."

테츠히코가 창가에 있던 같은 반 여자애에게 흰 이를 드러내며 손을 흔들었다.

그 애는 미술부로 얌전한 성격에 테츠히코의 전 여자친구라는 등의 위험한 관계도 아닌 평범한 여자애였다.

그런 애가 테츠히코의 행동을 보자마자 노골적으로 얼굴을 찌푸리며 시선을 돌리고는 품행방정한 평소 모습과 달리 창문 밖으로 침을 뱉었다.

"쓰레기가 이쪽 봤어. 기분 나쁘니까 가자!"

그런 말을 남기고는 친구와 함께 도망치듯이 복도로 나갔다.

"——봤지?"

"봤지? 는 무슨! 식겁했거든! 너 얼마나 욕먹고 사는 거야?! 그러고도 태연한 강철 멘탈이 도리어 대단해 보인다고!"

"어? 여자란 남자를 속이며 살아가는 생물이잖아. 서로 속고 속이는 도긴개긴인 관계니까 욕먹더라도 딱히 아무래도 좋지 않아?"

"그런 식으로 나에게 동의를 구하지 말라고! 모르거든, 공감도 안 되거든?!"

이 녀석 진짜로 쓰레기 같다.

얼굴은 끝내주게 좋다. 성적도 그럭저럭 상위권. 운동 신경도 괜찮다.

그런데 그 모든 것을 퇴색시키는 이 쓰레기 같은 사고방식.

그게 카이 테츠히코라는 남자였다.

"그래서 내가 '고백제'에서 노리는 퀸카가 누군지 알 것 같냐?"

뇌리에 한 소녀의 얼굴이 잠시 스치고 지나갔다. 하지만 들키고 싶지 않아서 모르는 척했다.

"알게 뭐야. 뭐, 일단 들어줄 테니 말해봐. '고백제'에서 누구에게 고백할 건데."

"카치 시로쿠사——."

한순간 쿨한 시선과 천진난만한 웃는 얼굴, 바람을 타고 실려 온 샴푸 냄새가 일제히 머릿속을 스치고 지나가서 숨이 멎은 듯한 기분이 들었다.

"──라고 말하면 어쩔래?"

테츠히코가 히죽거렸다. 무진장 즐거워 보였다.

"……아, 아니거든?"

"어? 뭐라고?"

"따, 딱히 아무래도 사, 상관없는데?"

"스에하루, 그런 반응은 좀 관두지? 너무 필사적이라서 내가 다 부끄러워지니까."

머릿속에서 무언가가 끊어진 듯한 기분이 들었다.

"좋아, 지금부터 널 죽이기로 했으니까 죽어."

"야야, 잠깐잠깐! 너 진심이지?! 그렇게 흥분하지 말라고…… 아, 카치다."

"……!!?!??"

내 고동이 크게 뛰었다.

테츠히코의 시선이 내 등 뒤를 향했다. 그렇다는 건 나에게만 안 보일 뿐 시로쿠사가 가까이에 와 있다는 말이었다.

나는 테츠히코를 끝장내려던 것을 잊고 일단은 꼴사나운 행동을 하지 않도록 오갈 데 없는 오른손의 검지로 컬이진 머리카락을 돌돌 말았다.

그러자 테츠히코가 미안한 기색도 없이 가벼운 태도로 나에게 말했다.

"아, 미안, 잘못 봤네."

"진짜로 죽여도 되지?! 살의가 가라앉지를 않는데?!"

"나, 너를 친구라고 생각하는데 솔직히 우정이 깨져도 괜찮을 것 같다는 생각이 들 정도로 지금 즐거워."

"소스라칠 정도로 얄팍한 우정이구만!"

"앗, 카치."

"얌마, 테츠히코. 아무리 나라도 두 번 연속으로 그런 수법에 넘어갈 거라고——."

"나에게 무슨 용건이라도?"

"어——?"

마음이 편안해지는 목소리에 놀라서 돌아보니 카치 시로쿠사가 있었다.

"아, 그게, 어라?! 카치?! 왜 여기 있는 거야?!"

"왜 있냐고 물어봐도, 여기 교실이잖아. 있는 게 자연스럽다고 생각하는데?"

"아니, 그게, 그렇긴 한데 평소에는 미네와 학식에서 먹지 않았어?"

"메이코는 일이 있어서 따로 왔어. 금방 돌아오려는 모양이긴 한데 그런 이유로 빨리 먹은 거야."

시로쿠사가 상대에게 전혀 관심이 없어 보이는 듯한 차가운 목소리로 말했다.

그러나 그렇다고 무관심한 건 아니었다. 원래부터 이런 말투였다.

시로쿠사는 동성 친구에게도 냉담해서 주위로부터는 얼음 미녀로 인식되었다.

나는 날뛰는 가슴의 고동을 들키지 않게 평정심을 가장했다.

그도 그럴 것이 시로쿠사는 여전히 지나치게 예뻤다.

청아하며 청초. 시로쿠사는 자세부터가 다른 여자애들과는 차원이 달랐다. 성역이라고 할지, 시로쿠사의 주변만이 정화된 게 아닐까 싶을 정도로 정숙한 분위기였다.

시로쿠사의 머리카락은 왕도 같은 검은 롱헤어. 윤기와 탄력이 있고 매끄러웠다. 빗질할 수만 있다면 영원히 빗질해 주고 싶은 매력이 있었다.

거기에 섹시 화보 아이돌이 무색해지는 풍만한 가슴과 엉덩이가 교복 아래에 숨어 있는 데다가 허벅지를 니삭스가 덮고 있었다. 요컨대 '베이글 몸매' 이면서 여름에도 더위에 지지 않고 단단히 감추고 있었다.

나는 시로쿠사를 보면 언제나 위대한 선구자들의 말이 떠올랐다.

—— '팬티는 대놓고 보여주면 기쁘지 않다'.

이해하지? 감추었기에 보고 싶어진다. 리스크가 있기에 가치가 있었다.

시로쿠사의 농담을 용납하지 않는 쿨한 성격, 빈틈없는 태도, 그 전부가 야한 것과는 대극에 있었다. 그런데 '베이글 몸매'.

요컨대 내가 하고 싶은 말은 '시로쿠사는 존재 자체가 야하다' 는 것이다. Q. E. D, 증명종료.

다만 카치 시로쿠사의 대단함은 진정한 가치가 청아한 아름다움이나 야한 외모 이외에 있다는 점이었다.

"이거 몇이라고 생각해?"

"D…… 아니, E인가?"

"좀 더 몸매가 드러나는 옷을 입어주면 안 되나?"

"그렇지! 수영복이었다면 최고였을 텐데!"

불현듯 같은 반 남자애 두 명의 목소리가 귀에 들어왔다.

만화잡지의 섹시 화보 이야기였다. 딱히 드문 광경은 아니었다.

다만 어째서인지 시로쿠사의 관심을 끌고 있었다. 눈이 좀 안 좋은 탓인지 시로쿠사는 눈을 가늘게 뜨고 표지를 확인하려고 했다.

시로쿠사를 따라 표지를 확인한 나도 시로쿠사가 신경을 쓴 이유를 알 수 있었다.

테츠히코가 중얼거렸다.

"오, 저거 카치의 섹시 화보야? 오늘 발매한 잡지에 실린 건가."

시로쿠사의 어깨가 움찔하고 떨렸다.

나는 본인을 앞에 두고 입에 담지 못했는데…… 정말로 테츠히코의 멘탈은 괴물 수준이었다.

시로쿠사 주변에 어둠의 오라가 감돌기 시작했다.

나는 신나서 떠드는 저 녀석들에게 말해 주고 싶었다.

같은 남자로서 마음은 이해해! 그야 당연하지! 같은 반 미소녀의 섹시 화보가 실렸는 데 흥분하지 않는 녀석은 남자가 아니니까!

──그렇게 나는 전 세계를 향해 선언해 주고 싶은 기분이었다.

하지만 안 된다. 아무리 그래도 본인 앞에서는 안 되지!

두 사람은 떠드느라 주변 상황을 깨닫지 못했지만 이미 시로쿠사가 발소리를 죽인 채 다가가고 있었다.

보고 있는 처지로서는 '뒤야! 뒤를 봐!' 하고 말해 주고 싶은 기분이었다. 다만 너무 무서운 나머지 시로쿠사가 말없이 그들에게 다가가는 동안 누구도 충고해 주지 못했다.

"흐음, 수영복…… 말이지."

깨닫지 못한 두 사람에게 화가 치민 시로쿠사가 *얼어붙는 파동을 날렸다.

"그래! 수영복이었다면 저 흉악한 가슴……이………… 어?"

그 순간 깨달은 남학생이 천천히 돌아보았다.

시로쿠사는 한순간 생긋 미소를 지었지만 다음 순간에는 영하의 시선으로 내려다보았다.

"나는 외설적인 사람은 싫어해."

""""윽──.""""

태연한 말 한마디가 교실 안에 있는 남학생들의 가슴을 후벼 팠다.

만약 허락해 준다면 나는 이렇게 말하고 싶다. 남자는 외설적인 생물이라고. 시로쿠사 같은 미소녀야말로 용납해 주고 허용해 줬으면 한다고.

---

*얼어붙는 파동 : 게임 드래곤 퀘스트 시리즈에 나오는 기술.

하지만 시로쿠사는 무자비한 얼음의 칼날로 변한 안광과 날카로운 말로 남자애들을 양단했다.

"어느 쪽이 좋아?"

"……어?"

"여성을 모욕하며 기뻐하다니 성범죄나 마찬가지야. 하지만 나는 상냥한 사람으로 있고 싶으니까 선택하게 해 줄게. 명예를 위해 지금 당장 창밖으로 뛰어내리는 것과 성희롱으로 경찰에게 붙잡히는 것 중── 어느 쪽이 좋아?"

모두가 압도되었다. 드문드문 차가운 시선에 흥분하는 남학생도 있었지만 어디까지나 일부였다.

같은 여자도 시로쿠사의 강렬한 모습에 말도 못 붙이며 거리를 벌리는 게 고작이었다.

"저, 저기, 죄송합니다…… 두 가지 다 참아주셨으면……."

시로쿠사가 냉엄한 눈초리로 노려보고는 자신의 섹시 화보가 실린 잡지를 빼앗았다.

"앗!"

"몰수하겠어. 선생님께 맡길 테니 방과 후에라도 찾으러 가렴."

"앗, 아니! 선생님에게는──."

"……불만이라도 있어?"

시로쿠사의 도끼눈에 저항할 수 있는 녀석은 이 학교에는 없었다.

"옙, 죄송했습니다……."

"흥!"

시로쿠사는 언짢음을 숨기려고도 하지 않고 자신의 자리로 돌아갔다.

나와 테츠히코는 일련의 행동을 곁눈질로 보며 수군덕거리기 시작했다.

"이거란 말이지, 카치에게 친구가 적은 이유는. 만화책에 나오는 선도위원도 아니고."

테츠히코의 말에 나도 고개를 끄덕일 수밖에 없었다.

이렇게 눈에 띄고 예쁜 데다가 유명하다. 그 때문에 다들 다가가고 싶어 했다. 그러나 성격이 드세다고 할지, 까다로웠다.

하지만 나는 시로쿠사의 성격을 테츠히코처럼 비난하고 싶지는 않았다.

"조금 과격했을지도 모르지만 카치가 화를 내는 건 당연한 거지. 거기에 말은 심해도 결코 누굴 속이거나 부당한 트집으로 깔보지도 않고. 구태여 친구가 적으니 하는 소리를 할 필요는 없잖아."

개인적인 시로쿠사의 인상은 '고상함'이었다.

시로쿠사에게서는 빈틈을 드러내지 않겠다는 기개가 느껴졌다. 그것 또한 고상함의 일환이며 과격한 언사도 빈틈을 드러내지 않기 위한 방패에 지나지 않아 보였다.

"역시 스에하루. 신부를 신속하게 감싸는구만."

"네 수명은 짧을 거라고 본다. 아마 입이 화근이 되어서."

내 말을 한 귀로 흘리며 테츠히코가 이어서 말했다.

"근데 말이야, 카치는 좀 한도를 넘었다고. 그렇게까지 말하지 않아도 될 텐데 싶은 선까지 가 버리잖아."

"그런데 그게 텔레비전 방송에서는 인기란 말이지."

"뭐, 천재와 광기는 종이 한 장 차이라고 할까, 임팩트가 있다고 할까, 텔레비전 방송에서는 군침 도는 소재인 거겠지. 붐은 꽤지났다지만 **'미인 여고생 아쿠타미상 작가'**니까."

그랬다. 시로쿠사의 진정한 가치란 그 미모도 쿨한 개성도 아니었다. 소설가로서의 재능, 실적, 그리고 명성이었다.

시로쿠사는 작년에 『네가 있던 계절』로 고등학교 1학년생의 나이에 소설가로 데뷔를 했다. 당시에는 교내 유명인이라는 정도였고 나는 그즈음에 시로쿠사에게 감동한 것을 전했었는데, 세간은 훌륭한 작품을 내버려 두지 않았다.

그 삼 개월 뒤에 문학계의 등용문인 아쿠타미상을 받아서 시로쿠사는 단숨에 전국 수준의 유명인이 되었다.

두드러지게 젊고 재능이 풍부한 미인. 입을 열면 쿨하고 누구에게도 알랑거리지 않으며 천재와 같은 개성과 과격함이 있었다. 이걸로 인기가 생기지 않을 리가 없었다.

엄청난 인기에 각종 잡지와 텔레비전 방송의 취재가 쇄도. 그 때문에 섹시 화보 촬영——이라고는 해도 기본적으론 교복이고 때때로 사복이라는 정도——까지 한 것이다.

"그야 대단하기는 한데 그래도 동급생이잖아."

나는 구태여 허세를 부렸다.

"그 왜, 3학년 타다 선배는 독자 모델인듯하고 1학년 미자와라는 애는 아이돌 후보생이라고 들었는데? 카치는 반 안에서는 대단하지만 넓게 보면 고만고만한 수준이라고 할까.”

호의를 들키고 싶지 않아서 그만 신랄한 말투가 되어버렸다.

사실은 시로쿠사 정도의 미인은 본 적이 없었고 독자 모델인 선배나 아이돌 후보생인 후배보다 훨씬 위라고 생각한다. 하지만 그 말을 하면 제 무덤을 파는 꼴이니 매정하게 말할 수밖에 없었다.

덜컹! 하는 둔탁한 소리가 났다.

소리를 낸 사람은 시로쿠사였다. 자신의 자리에 앉을 때 책상에 다리를 부딪친 모양이었다.

다만 우연히 부딪친 것인지, 화나서 찬 건지는 알 수 없었다.

‘설마 내 말을 듣고 그런 건 아니겠지……?’

나는 작은 목소리였고 조금 전에 섹시 화보 일로 화냈으니 그 때문이겠지.

“흐음~ 뭐, 네 꼬인 성격을 계산에 넣으면 카치의 레벨은 엄청나게 높다는 말이겠네.”

“뭐냐, 그 미친 번역? 진심으로 그만하지? 내가 사과할 테니까.”

“사과했으니 베프로서 경고해줄게. 저 애는 너에겐 허들이 너무 높아. 그러니까 포기해.”

“뭐??”

시치미를 떼며 ‘아니, 나는 좋아하는 거 아니니까 아무래도 좋은데’ 하고 대답했어야 했다. 하지만 고백하기 전부터 무리라는 말을 듣고 좀 발끈했다.

──그래서.

"아니, 딱히 좋아하는 건 아니지만 나와 카치, 실은 조금 사이 좋은데?"

그렇게 대답해버리고 말았다.

테츠히코가 호오~ 하고 흥미롭다는 듯이 턱을 매만졌다.

"남자를 싫어하기로 유명한 그 카치와 사이가 좋다고?"

"뭐, 너에게 말한 적은 없는데 작년에 카치가 아쿠타미상을 받기 전에 우연히 귀갓길에 마주쳤거든. 그래서 나는 카치의 작품을 읽은 적이 있으니까 잘 봤다고 해줬어. 그랬더니 환한 웃는 얼굴로──."

'──고마워. 네가 그렇게 말해줘서 정말로 기뻐. 지금까지 노력해와서…… 정말 다행이야.'

그렇게 말해줬다.

그 결과로 사랑의 독에 중독되고 말았다.

학교에서는 보인 적 없는…… 나에게만 보여준 웃는 얼굴.

나는 이 기억을 남몰래 보물로 간직하고 있었다.

"그래서 반했다고?"

"아아, 아니거든!"

내가 생각해도 힘없는 부정이었다. 나는 얼버무리려고 계속해서 말했다.

"뭐, 너, 너는 모르겠지만 집이 가까운 모양이더라고. 그 뒤로도 몇 번인가 마주쳐서 가볍게 이야기를 나누는 사이야. 쟤, 밖에서 만나면 학교와는 분위기가 전혀 다르거든. 밝다고 할까, 천진난만하다고 할까. 그래서 반했느니 하는 것과는 별개로 그럭저럭 사이가 좋다는 거야."

이야기를 나누면 즐겁고, 외모가 취향인 것도 있고, 몸매가 좋은 것도 있고, 취향이 맞는 것도 있고, 여러 가지가 쌓이고 쌓여서── 지금에 이르렀다.

"스에하루……."

테츠히코가 상냥하게 내 양어깨에 손을 올렸다.

"딱하게도…… 그런 망상을 할 정도로…… 내가 다음에 여자 소개해 줄 테니까 돌아와 줘……."

"너무한 거 아니야?! 거기에 은근슬쩍 좋은 놈인 척 굴지 말라고!"

내가 아이언 클로를 먹이자 테츠히코가 책상을 두드리며 항복을 선언했다.

"뭐, 스에하루의 망상이 사실이라 가정하고 이야기를 이어나가 보자면."

"사실을 왜곡하는 건 너거든!"

"저 카치가 더럽게 평범하고 바보인 너와 이야기할 때만 특별히 밝단 말이지."

"더럽니 바보니 하는 거 그만하지? 나는 너와는 다르게 멘탈이 강하지 않아서 상처받거든?"

"그래서 너는 그 때문에 카치가 실은 자신에게 반한 게 아닐까 하고 생각한다는 거지?"

"아, 아니————— 아무리 그래도 그건 아니라고. 진심으로 말하는데 그런 생각은 안 해."

솔직히 말하자면 그렇게 생각합니다. 죄송합니다.

아니, 그치만 다른 남자애들에게는 매몰찬데 나에게만 상냥하다는 건 가능성이 있다고밖에 볼 수 없잖아. 거기에 조금 전에도 테츠히코에게는 무진장 매몰찼는데 나와는 어느 정도 평범하게 이야기를 나눴었고. 그 수준의 대화도 다른 남자애들과는 안 한다고. 거기에 귀갓길에 집이 가깝다는 이유로 몇 번이나 만난다고? 그런 우연은 보통 안 일어나잖아. 그거 분명히 나를 기다리던 거라고.

그렇다는 말은 결론은 하나다.

——시로쿠사는 지금 내 고백을 기다리는 거야……!

이건 틀림없다. 그렇다는 건 역시 '고백제'…… 질러볼 수밖에 없잖아!

아~ 하지만 '고백제'에서 잘 풀리면 모두에게 들키겠네~. 시로쿠사는 유명인이니까 텔레비전이나 잡지에 공개되면 어쩌지.

『'미인 여고생 아쿠타미상 작가' 카치 시로쿠사에게 남자친구가! 상대는 동급생인 마루 스에하루 군(17)!』

이런, 혹시 나 주목받게 되는 건가? 그러고 보니 카메라 앞에서 입을 만한 옷이 있던가? 좋아, 이번 주말에 오모테산도에라도 사러 가볼까.

그런 느낌으로 혼자 들떠있으니 시로쿠사와 친구인 미네 메이코의 대화가 들려왔다.

"어라, 시로쿠사 양…… 기분 언짢지 않아요? 무슨 일 있었어요?"

"그렇지…… **남자란 절멸되는 편이 좋지 않을까**— 하고 생각했을 뿐이야."

……우연이지? 나보고 하는 소리 아니지?

시로쿠사가 나에게 호감이 있다는 건 역시 나만의 희망사항이고 망상인 걸까.

냉정하게 생각해보면 시로쿠사는 소설가에 미인이고 잡지에 섹시 화보도 실리며 성적과 운동 신경도 좋은 데다가 당연히 남자애들에게도 인기가 많다.

나에게는—— 자신 있게 내세울 만한 것이 없었다.

시로쿠사의 등을 보며 나도 모르게 생각했다.

첫사랑이란 어째서 이렇게 즐겁고 기쁘고—— 괴로운 것일까, 하고.

*

방과 후가 되어서 가방에 교과서를 집어넣고 있으니 테츠히코가 말을 걸어왔다.

"축제에서 할 상연물 말인데 오늘도 거기에 자리를 잡아 뒀으니까 회의하자."

"에엑……."

내가 전혀 의욕이 없는 데는 이유가 있었다. 테츠히코는 엔터테인먼트 동호회라는 수상쩍은 동아리를 만들어서 활동하고 있는데, 멤버는 테츠히코와 나밖에 없었고 나도 이름만 빌려준 것에 가까운 상태였다.

엔터테인먼트 동호회는 축제에서 상연물을 할 예정이었고 체육관에도 장소를 구해놨는데 앞으로 2주밖에 남지 않았음에도 불구하고 내용은 미정이었다. 당연히 지금까지 몇 번이나 회의 했지만 테츠히코가 바라는 건 폼 잡을 수 있는 상연물이었는데 그걸 정하지 못했다.

그런 이유로 나는 되풀이되는 무의미한 회의에 싫증이 난 것이다.

"아, 그리고 시다에게도 의견을 듣고 싶으니까 네가 불러줘."

"왜 내가?"

"소꿉친구잖아."

시다 쿠로하. 같은 반이며 옆집에 살아서 17년이나 알고 지낸 질긴 사이였다.

그래서 테츠히코가 쿠로하를 부르기 위해 나를 이용하는 건 자연스러운 일이었다. 하지만 지금 나는 쿠로하에게 말을 걸기가 초금 거북했다.

"뭐, 오늘은 일단 됐잖아. 쿠로에게는 나중에 내가 물어볼 테니까."

"……음?"

아차 싶었다. 테츠히코는 기이할 정도로 감이 좋았다.

"그러고 보니 오늘 점심시간에는 웬일로 시다가 너에게 말을 걸어오지 않았네."

"그런가? 그런 날도 있겠지."

테츠히코는 내 표정에서 무엇을 꿰뚫어 보았는지 고개를 한 번 크게 주억거리고는 내 양어깨를 두드렸다.

"당장 사과하러 가. 네 잘못이니까."

"뭘 멋대로 싸운 것처럼 몰아가는 건데! 게다가 내 잘못인 거냐고!"

"다른 이유가 있겠냐? 그렇게 착한 애는 좀처럼 없으니까."

"……뭐, 그건 부정 못 하는 사실이지만."

무슨 이야기든 나누고 싹싹하며 무엇보다도 나의 무엇이든 이해해 주는…… 소꿉친구.

나에게 있어서 쿠로하란 둘도 없는 절친이라고 할 수 있는 존재였다.

"시다는 원래부터 잘 챙기는 누나 같은 성격이지만 특히 너에게는 무진장 무르잖아. 그런 애를 화나게 하다니 무슨 짓을 한 거야?"

"아니, 무르기는. 단호한 부분도 꽤 있다고."

"그건 사랑이 담긴 단호함이지."

"윽."

나는 '사랑이 담긴'이라는 부분에서 숨을 집어삼켰다.

그걸 놓치지 않는 것이 테츠히코의 무서운 부분이었다. 테츠히코가 팔짱을 끼고 노려보아서 나는 휘파람을 불며 시치미를 뗐다.

　"스에하루, 말해두겠지만 시다는 무진장 급이 높다고. 소꿉친구가 아니면 네가 다가가지도 못할 수준이거든. 알고 있냐?"

　"……알고 있어. 걔는 인기 많으니까. 뭐, 귀여우니까 당연하지. 그런 점은 소꿉친구로서 어깨가 으쓱해지고, 사교성이 좋은 부분도 그렇고 여러 가지로 존경하고 있어."

　나는 머릿속으로 쿠로하의 얼굴을 떠올렸다.

　쿠로하는 곧잘 작은 동물 같다는 이야기를 들었다. 동글한 눈의 동안으로 햄스터나 다람쥐 같은 동물과 이미지가 비슷했다. 머리카락은 밤색 스트레이트 단발. 키가 작아서 어린애처럼 움직이며 표정 변화가 다양했다. 그런 부분이 귀여워서 남녀를 가리지 않고 교우 관계가 넓었다.

　"너 다른 여자애들은 솔직하게 칭찬하지도 못하면서 시다는 칭찬하는구나."

　"걔는 친구니까."

　여자애를 칭찬하는 건 솔직히 부끄러웠다. 비위를 맞추는 느낌이 들어서 도무지 내키지 않았다.

　그러나 친구를 칭찬하는 건 별개였다. 그런 대단한 녀석과 친구란 것이 자랑스러워서 좀 더 칭찬하고 싶기까지 했다. 솔직한 심정을 말하면 될 뿐이니까 당연히 부끄럽지도 않았다.

"흐응~ 하루는 나를 그런 식으로 생각하는구나?"

달콤한 향기가 풍겨오며 콧구멍을 간지럽혔다.

밤색 머리카락이 어깻죽지에서 고개를 내밀었다.

쿠로하는 코를 킁킁거리며 내 냄새를 맡더니 바로 옆에서 천진난만하게 생긋 웃어 보였다.

"으……."

나는 어떠한 이유로 쿠로하의 얼굴을 볼 수 없었다.

식은땀이 흘렀다. 어떻게 대응하면 좋을지 알 수 없어서 일단은 몸을 떨어트리며 중얼거렸다.

"쿠로, 가깝거든……."

원래부터 작은 동물 같은 쿠로하였지만 나에게는 다른 사람들에게 하는 것 이상으로 작은 동물처럼 굴었다. 냄새를 맡는 버릇이 그 대표적인 예였다. 소꿉친구인 만큼 심리적인 거리감이 가까운 것이다.

"뭘 부끄러워하는 거야, 하루~? 귀여운 구석이 다 있네? 이 누나는 그런 부분 좋아해."

"조조, 좋아한다느니 뭐니 그런 소리 하지 말라고. 거기에 그 키로 누나라고 해도 말이지."

"차암. 키 얘기는 하지 마."

꿀밤을 먹었다.

쿠로하는 신장이 148센티미터밖에 되지 않았다. 그 때문에 누나처럼 굴어도 언뜻 보기에는 꾸미기 좋아하는 중학생이 어

른스러운 척하는 것으로밖에 보이지 않았다.

"언제나 하루의 뒷바라지를 해 주니까 이제 누나나 마찬가지잖아."

"그렇게 여동생이 많은데 나까지 돌보려 하지 않아도 괜찮다고."

"시다는 여동생 많았어?"

테츠히코의 질문에 쿠로하가 고개를 끄덕였다.

"응, 중3과 중1 쌍둥이로 네 자매야."

"대단하네."

"그래서 쿠로는 누나 같은 성격이 몸에 밴 거야."

"무슨 말을 하는 거니. 하루가 언제나 나에게 폐를 끼치니까 내가 누나 같아지는 거야."

쿠로하가 내 곱슬머리를 어루만졌다.

역시 쿠로하의 행동은 남고생에게는 자극이 좀 강하다고 할까, 거리감이 너무 가까웠다. 나는 옛날부터 그랬기에 별생각이 없었지만 냉정하게 생각해보면 교실에서 할만한 행동은 아니었다.

쿠로하는 인기가 많았다. 그 탓에 나는 심한 질투를 받고 있었다.

"칫, 소꿉친구면 다 괜찮다고 생각하지 말라고."

혀 차는 소리가 똑똑하게 들려왔다.

"큭, 내 오른팔이 욱신거린다……."

저기, 가위를 이쪽으로 겨누지 말아 줄래? 이제 고등학교 2학년이니까 오른팔은 얌전히 내버려 두라고.

"뒷산에 동굴이 있는데 거기라면 아마 발견되지는——."

"스에하루(末清)란 이름에 걸맞게 맑은(淸) 날에 인생의 말로를——."

저기, 나를 묻을 장소를 상담하는 건 그만하자. 진심으로 무섭거든?

질투의 목소리가 드문드문 들려오는데 쿠로하는 전혀 신경 쓰이지 않는 모양이었다.

"하루야, 왜 그래? 뭔가 기운이 없어 보이는데."

"아니…… 별로."

"뭔가 걸리는 말투인데. 이 누나에게 말해보렴."

쿠로하는 상냥하고 돌보기를 좋아했다.

그런 만큼 나는 갑갑하고—— 그저 거북했다.

"하루야? 역시 뭔가 하루답지 않은데."

"……나답다는 게 뭔데."

"음~ 무신경하고 바보?"

"너무하네! 단호하게 항변하지! 다음에 만날 때는 법정에서다!"

"아~ 음~ 역시 뭔가 무리하고 있는데……."

"어디가. 아, 나 잠깐 화장실 좀——."

거북한 분위기를 어떻게 해소하지 못하고 일단 이야기를 끝내려고 했을 때였다.

"——혹시 **나를 찬 걸** 후회하고 있어?"

한순간 교실 안이 쥐죽은 듯이 조용해졌다. 마치 시간이 멈춘 것만 같았다.

나는 전신에서 핏기가 가시는 것을 느끼고 있었다.

이 자리에서 말하는 거냐고! 하고 소리치고 싶었지만 그러면 비난이 쏟아지겠지. 물론 나름대로 이유가 있었지만 섣부른 변명은 하지 않는 편이 좋을 것 같았다.

요컨대.

다들 놀라고 있는 사이에 도망가자. 그렇게 하자.

그런 생각에 몰래 가방을 들고 복도로 나가려고 했을 때였다.

"호오~ 이런 재미—— 아니, 중대한 사건 중에 어디 가는 거야~ 응~? 스에하루~."

테츠히코가 내 어깨에 팔을 두르며 움직임을 막았다.

"아니, 그게, 저기, 화장실에……."

"어. 디. 가. 시. 려. 고?"

"웃. 기. 지. 말. 라. 고. 죽. 어."

도망치려는 나를 뒤에서 붙들어 매는 테츠히코. 힘이 막상막하라서 교실 안에서 추한 공방을 펼치게 되었다.

"얌마아아아아아아! 테츠히코오오오오! 이거 놔아아아아아아!"

"크크크! 다들 기다리고 있다고오오오오!"

이, 이 자식, 흥분해서 본성을 드러냈잖아…….

테츠히코는 잘생겨서 여자친구도 금방 만들지만 오래가지는 못했다. 이유는 쓰레기이기 때문이지만 그 쓰레기 같은 본성을 그다지 숨길 생각이 없어 보이는 부분도 영향을 끼쳤을 것이다.

테츠히코가 간단히 본색을 드러내는 부분이 싫지는 않았지만 상황이 지나치게 좋지 못했다. 지금 나에게는 살의가 담긴 시선이 모여들어 있었다.

몇 번이나 말하겠지만 쿠로하는 인기가 많았다. 특히 로리 타입이 취향인 남자들에게 절대적인 지지를 받았다. 여우 같은 동안 누나 속성을 좋아하는 녀석들에게는 숭배받는 수준이었다.

그런 남자애들이 피워올리는 질투의 불길이 나를 불태우려 하고 있었다.

"후욱, 후욱."

같은 반 남자애들은 이젠 사냥감을 앞에 둔 늑대였다. 화가 머리끝까지 올라서 나에게 분풀이를 하려고 빈틈을 노리고 있었다.

"진정하라고…… 여기에는 이유가…….."

"……뭐? 웃기지 말라고. 무슨 이유."

"어…… 그게…….."

힐끗 시로쿠사를 살펴보았다. 시로쿠사는 유일하게 사이좋은 동급생인 미네 메이코와 자신의 자리 부근에서 속닥거리고 있었다.

'……이걸 어떻게 해결하지.'

나는 뇌를 풀회전하며 예측해 봤다.

'좋아하는 애가 있어서 쿠로를 찬 거라고!'

이쯤이 시로쿠사에 대한 호감을 숨기면서 거짓말도 하지 않는 타협점일지도 모른다.

하지만 만약 그런 말을 입에 담으면.

'좋아하는 애라는 게 누군데! 말할 때까지 용납 못 한다고~! 크크크!'

테츠히코가 만면의 웃음으로 그렇게 불에 기름을 부을 것이 틀림없었다.

지금 이 교실은 마녀재판장이었다. 마녀로 몰린 이에게 저항은 용납되지 않았다.

더미로 다른 누군가에게 고백…… 이건 안 된다. 가짜 고백을 받아주고 농담으로 끝내줄 사람은 쿠로하밖에 떠오르지 않았다.

그럼 쿠로하의 고백을 지금 당장 받아들이는 척하면 되지 않나 싶지만, 그건 최악의 선택 중 하나였다. 왜냐하면 쿠로하에게 실례가 되니까.

나는 쿠로하를 그 누구보다도 신뢰한다. 인간으로서 호감도 있었고 존경도 했다. 그래서 거짓말을 하고 싶지 않았고 되도록 상처를 주고 싶지 않았다.

그렇게 되면 시로쿠사의 이름을 말할 때까지 놓아주지 않을 테고 결국 고백하게 되어 버린다.

하지만 그건 최악의 고백이라 해도 좋을 것이다. 이 상황에서 시로쿠사가 고백을 받아들일 가능성은 한없이 제로에 가까웠다.

생각해 보라. 이 타이밍에서 내 고백을 받아들이면 시로쿠사까지 나쁜 사람이 된다. '시다를 울리고 자기들만 행복해지겠다는 거야?' —— 같은 소리를 듣겠지. 그렇기에 시로쿠사가 나에게 호감이 있더라도 '어째서 이런 상황에서 고백하는 거야…….' 하는 생각에 거절할 것이다.

'큭, 어떻게 해야 하지?! 어떻게 해야 벗어날 수 있는 거야?!'

나는 쿠로하를 살펴보았다.

이런 상황을 만든 장본인은 쿠로하지만 분명 악의가 있었던 건 아닐 것이다. 쿠로하의 맹한 부분이 나쁜 쪽으로 작용했을 뿐이다.

그렇다는 건 내가 위기 상황이라는 것만 전해진다면 나를 도와줄 가능성이 있었다.

"쿠로야…….."

나는 시선으로 호소했다. 이 녀석들 좀 진정시켜 달라고.

차 버린 여자애보고 지켜달라고 하는 건 역시 마음이 아팠다. 그래서 되도록 쿠로하가 상처받지 않게 염두에 두며 신호를 보냈다.

"하루야, 후회하고 있어?"

"하고 있어, 하고 있어!"

"후회하고 있다는 건 역시 나랑 사귀고 싶다는 거야?"

"아니, 그게 아니라——."

거기까지 말하고 섣부른 대답이었다는 것을 금방 이해했다.

덕분에 지켜보던 녀석들에게 화살 같은 매도를 얻어맞았다.

"뭐?! 그게 아니라?!"

"뭐 하자는 거야?!"

"잠깐잠깐! 진정하라고! 좀 기다려봐!"

"기다린다고 뭐가 달라지냐?! 어?!"

"이봐! 누가 빠루 좀 가져와! 빠루!"

"아, 죄송합니다용서해 주세요."

"바로 저자세냐!"

테츠히코가 태클을 걸었지만 내 마음은 상처받지 않았다. 자존심 같은 건 이미 예전에 시궁창에 내다 버렸다.

"테츠히코…… 빠루를 우습게 보지 말라고! 더럽게 아프거든?!"

"빠루의 고통을 아는 너를 다시 보게 된다만."

"차암, 하루는 위험해질 때 엎드리고 빌면서 얼버무리면 된다고 생각하는 구석이 있지?"

"여자애의 눈물이 무기가 되듯이 나에게는 엎드려 비는 게 최대의 무기라고!"

"응, 빌면서 말해도 전혀 폼 나지 않거든."

그사이에도 흥분한 과격파들이 조금씩 다가왔다.

공격을 받지 않는 건 쿠로하가 있기 때문이다. 쿠로하가 멀어지면 나는 사방에서 습격을 받아 무참하게 널브러지겠지.

"시다 양!"

"비켜 주세요! 이 바보에게 철퇴를!"

"……저기, 애들아."

싱글거리는 귀여운 웃는 얼굴로 쿠로하가 어둠의 오라를 내뿜었다.

"하루랑 이야기 중인데—— 방해하지 말아 줄래?"

시로쿠사는 노골적으로 언짢아하지만 쿠로하는 반대였다. 가면처럼 붙은 웃는 얼굴이야말로 노여움의 증거였다.

온기가 사라진 웃는 얼굴에서는 시로쿠사와는 다른 독특한 공포감이 느껴졌다.

"아, 옙. 죄송했습니다……."

그 때문에 과격파는 그렇게 대답하며 순식간에 얌전해져서는 거리를 벌렸다.

나는 위기가 떠나서 겨우 한숨 돌릴 수가 있었다.

"하아…… 덕분에 살았어, 쿠로……."

"——이어서."

"응?"

"이어서 말해줘."

결의가 느껴지는 어조였다. 그래서 나도 자연스럽게 긴장되었다.

"……알았어."

나는 쿠로하의 동글동글한 큰 눈에 재촉을 받으며 조금 전보다 신중하게 거짓말이 없도록 성의를 담아서 말을 골랐다.

"뭐라고 할까, 나는 지금 누구와도 사귈 생각이 없어서…… 아니! 네가 싫다거나 나쁘다거나 귀엽지 않다는 건 아니야. 넌 정말 좋은 녀석이니 너 같은 애와 사귀면 분명 행복하겠지만 조금 타이밍이 좋지 않다고 할까……."

횡설수설한 말이어서 제대로 전해졌는지는 알 수 없었다. 그저 시로쿠사를 언급하지 않게끔 필사적으로 말을 전했다.

"흐음~."

쿠로하가 팔짱을 꼈다. 작은 신장을 생각하면 비교적 커다란 가슴이 강조되었다.

그리고 그대로 나에게 다가와서는 살짝 뒤꿈치를 들며 귓속말을 했다.

"기분이 좀 풀렸으니 이 정도로 용서해 줄까?"

"…………뭐?"

쿠로하가 생긋 웃으며 목소리 높여 선언했다.

"거짓말이었어!"

"뭐어어어어어어어어어어어?!"

경악한 내 얼굴을 쿠로하가 대단히 만족스럽다는 듯한 표정으로 들여다보았다.

"긴장했어? 고민했어? 당황했어?"

"쿠로, 너…….."

"미안해, 하루야. 실은 벌칙으로 고백하게 된 건데…… 오늘까지 사실을 말하지 못했어."

"너, 너, 너 임마!"

"진심으로 받아들였어? 그러면서도 거절했잖아. 못됐긴!"

팔꿈치를 찔러 왔다. 아프기는 했지만 그 이상으로 안심감이 더 강했다.

"자자, 해산~!" "칫, 재미없게."

에워싸고 있던 남학생들이 자리를 뜨기 시작했다. 조금 전까지 모함하며 괴롭히더니 미안해하는 기색이 전혀 없었다. 너무한 놈들이었다.

"너희는 사과도 없냐?"

내가 불평하자 남학생들이 혀를 찼다.

"야, 마루. 시다 양을 쿠로라고 부르는 것만으로도 원래는 사형감이거든?"

"소꿉친구우우우우우! 유죄! 유죄!"

"진정해, 고토! 괜찮아! 마루는 쫄보라서 시다 양은 아직 깨끗해!"

"여전히 내 취급이 너무 심한 거 아니야? 나에게도 일단은 마음이란 게 있거든?"

동정심을 끌어내려고 말해봤지만 전혀 통하지 않았다. 인상을 찌푸리며 침만 뱉을 뿐이었다. 정말로 이 반에는 쓰레기 밖에 없구만.

그런 생각을 하고 있으니 쿠로하가 내 어깨에 손을 올렸다.

"하루는 좀 더 나에게 고마움을 느껴야 한다고 생각해."

"아니, 정말로. 이런 건 봐주라."

"그치만 좋은 교훈이 되었지?"

"그럴지도 모르지만── 속일 것까지는 없잖아!"

내가 머리카락의 땋아놓은 부분을 엉망진창으로 흐트러트리자 쿠로하가 꺄아, 하고 즐겁게 소리를 지르며 도망쳤다.

쿠로하가 곁에 없으면 심란해진다. 소중한 존재라는 것을 이해했다.

하지만 이런 관계가 어울렸다. 허물없다고 할까, 섣부르게 연애 감정으로 달라붙는 게 아니라 그냥 친하게 지내는 편이 나와 쿠로하다웠다.

"정말, 하루는 나한테만 허물없이 군다니까. 책임져."

"알았어. 아이를 만들자."

"바보. 변태. 정말 저질이야. 또 그렇게 나한테만 성희롱하고. 어차피 용서해줄 거라며 쉽게 생각하는 거지?"

"그런 적 없다니까."

"그럼 다음에 또 성희롱하면 숙제 안 보여줄 거야."

"쿠로하 씨, 그렇게 심술부리지 마시고 그것만큼은 제발!"

"또 엎드린다! 그렇게 엎드려서 빌어봤자 이미 아무런 가치도 없거든."

"쿠로는 뭘 모르네. 엎드려서 비는 건 사죄 대상에게 어필하는 것도 있지만 주변 사람들이 용서하라는 압력을 형성하는 데 중요한 역할을 한다고."

"생각 이상으로 계산적이라서 소름 끼쳐. 이 누나는 하루의 장래가 걱정되기 시작했어."

그렇게 평소처럼 바보 같은 대화를 나누고 있으니 이번에는 생각 못 한 방향에서 사건이 터졌다.

"예에?! 정말이에요?!"

"아니…… 응, 어쩌다 보니 그렇게 되었어."

그건 시로쿠사와 미네의 대화였다.

교실 안은 쿠로하가 거짓말이라고 한 시점부터 차분함을 되찾아서 이미 돌아간 녀석도 많이 있었다.

그런 가운데 미네의 놀란 목소리는 충분히 주목을 모았다.

미네는 통통하고 태평한 성격의 여자애로 쿨하고 강렬한 시로쿠사와는 나이스 콤비라고 할까, 서글서글한 미네가 아니면 시로쿠사와는 친구로 지내지 못하리란 생각이 드는 관계였는데 그런 미네가 흥분하는 건 대단히 드문 일이었다.

주목을 받고 있다는 것을 깨달은 미네가 뺨을 붉히며 단번에 목소리를 낮췄다. 그 탓에 잘 안 들리게 되었지만 전력으로 귀를 기울여서 어떻게든 단편적인 이야기는 들을 수 있었다.

"언제……인가요?!"

"일주……전."

"어디……고백……건가요?!"

"바다."

"와아, 로맨……이네요……."

……어? 어라? 지금 뭐라고 한 거지? 고백받았다고 하지 않았나?

"시로쿠사 양, 아베 선……과는 가족……친분이……했었죠. 저도 언제 사귈……생각……마침내……. 아……선배님, 무척 멋……인기도……최고의 커플……해요. 축복……."

··

··

··

··응?

  으응? 응? ㅇㅇㅇㅇㅇㅇㅇㅇㅇㅇㅇㅇㅇ응?

  내가 귀가 이상해진 건가? 뭔가 말도 안 되는 이야기가 들린 듯한 기분이 드는데⋯⋯.

  "와, 카치 양, 3학년 아베 선배와 사귀기 시작했나 보네."

  쿠로하의 중얼거림이 내 심장을 꿰뚫었다.

  "아베라면 아버지가 배우고 본인도 최근에 배우로 데뷔한 그 녀석이지? 난 그렇게 부모 덕으로 사는 인간은 딱 질색이긴 한데, 뭐, 인기도 있고 카치의 상대로는 타당하지."

  테츠히코의 말이 오른쪽 귀에서 왼쪽 귀로 통과했다. 들리기는 했지만 뇌가 의미를 이해하기를 거부하고 있었다.

  "그래서 내가 말했잖아. 카치는 너에게 허들이 너무 높다고. 애초에 여자란 남자를 속이기 위해 태어났으니 결과는 이런 법이지. 하지만 이것도 생각하기 나름이야. 덕분에 '고백제'에서 괜히 부끄러워질 일이 없어졌으니 어떤 의미로는 잘된 거 아니야?"

  나는 노여움이 담긴 손길로 테츠히코의 멱살을 잡았다.

  "테츠히코, 나는 카치를 딱히 특별하게 생각하지는 않는다고 했잖아⋯⋯."

  "흐음, 그래그래. 알았다니까."

  나는 장난스러운 태도의 테츠히코를 밀치고는 가방을 어깨에 메었다.

"야, 스에하루. 갈 거야? 축제 이야기는 어쩔 건데."

"내 의견 같은 건 아무래도 좋잖아. 네 맘대로 정하라고."

"아, 그래."

테츠히코는 그 이상 나를 잡으려 하지 않았다.

"······하루야."

쿠로하가 나를 불렀지만 반응할 기력이 없었다.

나는 듣지 못한 척하며 교실을 나섰다.

*

나는 돌아가고 싶었다. 하지만 집으로 돌아가고 싶은 건 아니었다.

집에는 아무도 없었다. 어머니는 돌아가시고 아버지는 일본 전국을 돌아다니는 일을 하고 있기 때문이다. 아무도 없는 집에 혼자 있으면 쓸쓸함을 견딜 수 없을 것 같았다.

──갈 곳은 없었지만 어딘가로 돌아가고 싶었다.

그리고 깨달았을 때는 제방에서 홀로 강을 보고 있었다.

석양이 눈물이 나올 것처럼 아름다웠다. 그래서 조금 울었다.

"뭘 하는 건지······."

첫사랑은 저주라고 누군가가 말했다. 아마 맞는 말이라고 생각한다.

다 끝났다는 것을 알면서도 아직 좋아하는 마음이 남아 있었다. 지금이라도 고백하면 사귈 수 있지 않을까 하는 생각이 들었다. 아직 전혀 포기할 수가 없었다.

대개의 첫사랑은 이런 결말일지도 모른다. 이대로 질질 끌다가 결국 보답 받지 못하는 것이다.

'아베라면 아버지가 배우고 본인도 최근에 배우로 데뷔한 그 녀석이지? 난 그렇게 부모 덕으로 사는 인간은 딱 질색이긴 한데, 뭐, 인기도 있고 카치의 상대로는 타당하지.'

머릿속을 스치고 지나가는 말.

"뭐냐고, 역시 인기 많은 미남이 전부 가지는 거냐고……."

뭔가 역시 눈물이 나왔다.

"어라……."

머리가 어질어질했다. 화를 내고 싶은 건지 울고 싶은 건지 내 마음을 알 수 없었다.

예상 이상으로 대미지가 컸다.

정말로 다들 이런 심정을 극복하는 건가? 다들 진심으로 사랑을 한 적이 없는 게 아닐까? 아니, 그럴 게 이건 너무 괴롭잖아……………….

"윽, 흑…… 큭…… 흑……."

눈시울이 뜨거워졌다. 무릎에 머리를 박고 주위로부터 얼굴을 숨기자 이번에는 감정이 터져 나와서 참지 못하게 되었다.

"젠장…… 젠장……."

시로쿠사가 원망스러웠다.

나는 이렇게 괴로워하는데 시로쿠사는 남자친구와 하하호호 하고 있다.

행복 가득한 시로쿠사와 비참한 나.

이 차이는 뭐지? 정말 너무한 거 아니야?

미남과 미인은 좋겠네. 이런 괴로움을 모르고 살아가는 거잖아.

세상이 너무나도 불공평했다. 이상하잖아. 잘못되었어. 내가 잘못된 게 아니야. 세상이 잘못된 거라고. 나에게 힘이 있다면 세상을 바꾸고 싶을 정도였다.

"——불쌍한 하루."

머리 위에서 그런 반짝이는 듯한 말이 쏟아져 내렸다.

봄꽃 같은 달콤한 향기가 풍겨오며 콧구멍을 간지럽혔다. 귀에 익은 상냥한 목소리가 상처 속으로 스며들며 쓰라린 위로를 해 주었다.

"……쿠로?"

나는 눈물로 젖은 얼굴을 보여주지 않으려고 무릎에 얼굴을 박은 채 말했다.

"응. 상냥하고 귀여운 쿠로 누나야."

태클 걸기를 기대하는 장난스러운 말투. 그러나 지금의 나에게는 그런 장난에 어울려 줄 기력이 없었다.

"……다른 데로 가줘."

이런 모습을 누구에게도 보여주고 싶지 않았다. 특히 쿠로하에게는 보여줄 수 없었다.

거짓말이었다고는 해도 쿠로하는 나에게 차였었다. 그런 쿠로하가 지금의 나를 보고 어떻게 생각할까.

바보 취급하며 웃어준다면 그나마 괜찮았다.

만약 꼴좋다는 말이라도 들으면—— 재기하지 못할 것 같았다.

상냥하게 대해 준다면—— 기대어 버릴 것 같아서 무서웠다.

"하루야…… 차였구나."

"차인 적 없어!"

정확하게 말하면 차이지는 않았을 터였다. ……실연한 건 틀림없겠지만.

"흐음~ 그렇구나."

테츠히코가 상대였다면 내 허세에 말다툼이 일어났겠지만 역시 소꿉친구였다. 화를 내지도, 비웃지도 않고 대충 이해했다는 분위기만을 남기고 쿠로하는 발치에 가방을 놓았다. 그리고 내 등 뒤에 앉더니 등을 맞대며 기대어 왔다.

"쿠, 쿠로?"

맞닿은 등이 따뜻했다. 매달리고 싶어지는 온기였다.

그래서 엉덩이를 움직여서 도망치려 했지만 쿠로하는 놓치지 않겠다는 것처럼 밀착한 채로 쫓아왔다.

"왜? 불만 있어? 불만 있다면 내 얼굴 똑바로 보고 말해. 차인 적 없다며."

"윽……."

안 된다. 쿠로하에게는 전부 들켰다.

내가 시로쿠사를 좋아하고 조금 전 시로쿠사와 미네의 대화로 실연한 것을 전부 이해한 채로 쿠로하는 이런 행동을 하고 있었다.

하지만 그 호의를 나는 순순히 받아들일 수는 없었다.

'거짓말이었어!'

그렇게 말하며 쿠로하는 자신의 고백을 부정했다.

하지만 아니었다. 부정한 말이 진짜 거짓말이다.

'하루야…… 나랑 사귀자.'

대략 한 달 전, 1학기 종업식 날에 쿠로하에게 고백을 받았다.

그때의 표정, 어조―― 떠올려 보니 알 수 있었다. 그건 진심이었다.

조금 전에는 거짓말이라고 해서 그만 믿고 말았지만 새삼 떠올려 보니 거짓말이라고 한 게 거짓말이었다는 것을 지금은 확신할 수 있었다. 틀림없이 쿠로하는 나를 지키기 위해, 그리고 내 마음을 가볍게 해 주기 위해서 고백이 거짓말이었다고 다른 애들 앞에서 말해준 것이다.

"안 돼, 쿠로야. 나에게 말 걸지 마."

"어째서?"

"지금 너와 이야기를 하면 기대고 싶어질 거야. 하지만 너는 아마도 나를 아직――."

쿠로하는 좋은 녀석이다. 나에게는 아까울 정도로 상냥하고 귀여우며 성격 좋은 녀석이다.

그렇기에 이 이상 상처를 주고 싶지 않았다.

그러자 쿠로하는 내 목에 뒷머리를 붙이며 체중을 기대어 왔다.

"쿠로……?"

"만약에 말이야."

"응?"

"만약에 나랑 하루의 관계를 한 달 전으로 되돌려 준다면 어떻게 할 거야?"

"관계를? ……그 말은 즉, 네가 고백하기 전으로…… 아니, 그게 아닌가…….."

쿠로하는 아무런 말도 하지 않았다.

고백하기 전이 아니었다. 즉——.

"고백한 직후로 돌아간다는 거야? 요컨대 다시 한번 대답할 권리를 나에게 준다는 말이야?"

한 달 전의 나는 시로쿠사를 좋아했다. 그래서 쿠로하를 찼다.

하지만 지금의 나는 시로쿠사에게 차였다. 그렇다면—— 다른 선택을 해도 이상하지 않았다.

쿠로하는 그렇다는 것처럼 등을 기댄 채 머리로 나를 툭, 하고 쳤다.

"나 말이지, 5초 만에 시간을 뛰어넘을 수 있어. 그럼 간다, 다섯……."

만약 이 카운트가 끝난 뒤에 고백하면 쿠로하는 반드시 받아줄 것이다.

그건 거부할 수 없을 정도로 매력적인 제안이었다.

"넷……."

솔직히 쿠로하를 연애 대상으로 본 적은 없었다. 남매나 다름없는 관계가 10년 이상이나 이어졌으니 당연할지도 모른다.

"셋……."

그렇다고 여성으로서 매력이 없다고는 생각하지 않았다. 쿠로하의 동글동글한 눈은 귀여웠고 작은 몸으로 누나처럼 구는 모습을 볼 때마다 보호 욕구라고 할까, 지켜주고 싶다는 생각이 들었다.

"둘……."

분명 쿠로하와 사귀면 즐거울 것이다. 지금까지도 서로 숨기는 게 없을 정도로 가까운 사이였으니 사귀기 시작한 뒤에 실망할 일도 없었다. 헤어졌을 때의 리스크는 있을지도 모르지만 그런 건 싸운 뒤에라도 생각하면 될 일이었다.

쿠로하와 사귀면 분명 행복한 미래가 기다리고 있을 것이다. 그건 틀림없었다.

"하나……."

하지만 이건—— 첫사랑이었다.

"——그만해, 쿠로."

나는 카운트를 마지막까지 기다리지 않았다.

"고마워. 너를 찾는데 이렇게 상냥하게 해 줘서……."

"하루야……."

나는 차여서 마음이 약해져 있었다. 그래서 쿠로하에게 기대고 싶어진 것이다.

하지만 내 안에는 아직 시로쿠사에 대한 마음이 남아 있었다. 포기하지 못한 내가 있었다.

첫사랑은 말 그대로 저주였다. 마음을 돌리고 싶어도 들러붙어서 떨어지질 않았다.

그런 상태로 형편 좋게 쿠로하에게 기댄다는 건 너무 실례되는 행동이었다.

"나는 쿠로를 소중한 친구라 생각해. 그래서 난──."

"농담이야~."

"…………………………어?"

나는 눈을 깜빡거렸다. 쿠로하가 무슨 말을 하는 건지 이해가 되지 않았다.

"있잖아, 하루야. 성실한 건 미덕이라고 생각하지만 지나친 건 부담스러워."

"으응?"

"확실히 내가 한 달 전에 고백하기는 했지. 그치만 뭐랄까, 하루가 받아들이는 것만큼 진지했던 건 아니라고 할까?"

"으으응?"

"뭐, 여름방학 전에 남자친구도 없으니 마침 괜찮아 보인다고 생각한 거야. 하루랑 있으면 즐거우니까 괜찮겠다 싶어서. 그치만 한 달이 지나도 미안해하는 건 좀……. 혹시 그거야? 남자란 한 번 고백받으면 언제까지고 자기를 좋아한다고 착각한다던데 그런 거야?"

"으으으으응————————?"

안 되겠다. 머리가 따라가지를 못한다. 소꿉친구에게 털털한 부분이 있다는 건 알고 있었지만 설마 연애까지 이럴 줄은…….

──아니, 잠깐만.

정말로 그럴까? 쿠로하는 털털하기는 하지만 연애까지 그럴까? 감정이 전혀 남아 있지 않았다면 5초 만에 시간을 뛰어넘을 수 있다는 말을 과연 할까?

"쿠로…… 너, 무리하고 있지 않아?"

쿠로하는 변함없는 표정으로 눈꺼풀을 살짝 떨었다. 이건 쿠로하가 본심을 숨길 때 나오는 행동이었다.

"뭐가? 혹시 갑자기 차 버린 게 후회되었어?"

놀리는 듯한 말투가 지금은 연기처럼 느껴졌다.

자세히 보니 손끝을 떨고 있었다.

"그런 게 아니라……. 예를 들면 너, 나한테 곧잘 누나처럼 굴잖아? 여동생이 셋이나 있어서 누나 같은 성격이 몸에 밴 거겠지만 그건 '의무감'에 그런 성격을 가지게 된 거고 사실은 어리광을 부리고 싶은 게 아닐까 하는 생각이 들 때가 꽤 있었어. 하지만 너는 자제심이 강하니까 그래서는 안 된다는 생각에 욕구를 억누르려고 무리해서 누나를 강조하는 것처럼 보였는데, 아니야?"

"으……."

쿠로하가 붉어진 뺨을 양손으로 감쌌다.

"그, 그렇다면…… 뭐?"

"아니, 그게. 마찬가지로 네 행동과 마음이 일치하지 않을 수도 있다고 생각해서. 난 바보라서 쿠로의 마음을 이해하지는 못하겠는데, 나를 아직 좋아하는 마음이 있는데 나를 위해서 거짓말을 하는 거라면 미안하다고 생각한 거야. ……내가 해도 되는 말인지는 모르겠지만."

"으으으……."

쿠로하에게는 줄곧 호감을 지니고 있었다. 결코 상처를 주고 싶지 않았고 거짓말을 하게 두고 싶지도 않았다.

소꿉친구란 정말 어려운 관계였다.

"바보."

등에서 쿠로하의 온기가 사라지더니 등 뒤에서 뻗어온 팔이 내 머리를 끌어안았다. 그러자 당연히 뒷머리에 부드러운 것이 눌리는 느낌이 들었고…….

"야, 얌마, 쿠로……! 이, 이거, 가, 가슴!"

"괜찮아. 기뻤으니까 서비스야."

여자애 가슴 대단해! 너무 부드럽잖아?! 머리가 이상해질 것 같아!

"하루는 바보지만 뭐랄까, 성실해. 자신이 괴로울 때도 다른 사람이 곤란해 하면 자기 일은 제쳐놓고 중요한 부분을 깨달아 주거나 상냥하게 대해 줘. 그래서——."

가느다란 손가락이 내 덥수룩한 머리카락을 마구 쓰다듬으며 좌우로 갈랐다. 그리고 공기에 닿은 정수리에 가슴과는 별개의 부드러운 감촉이 느껴졌다. 그게 입술이라는 것은 듣지 않아도 알 수 있었다.

"응, 그래서—— 좋아해."

"쿠로……."

올곧은 말이 마음에 울렸다. 얼굴은 보이지 않았지만 그래도 쑥스러웠다.

"내가 선택받지 못한 건 분하지만 그래도 하루를 좋아하는 마음은 변하지 않아. 나는 지금도 앞으로도 하루의 편이야. 그러니까 솔직해져 봐."

"뭘 솔직해지라는 거야."

"다른 사람 앞에서 울면 안 된다고 누가 정했는데? 그만 전부 털어놓아도 되잖아."

"하지만 난 너를 찼는데——."

거기까지 말했을 때 쿠로하가 팔에 힘을 담았다.

가슴이 뒷머리에 더 강하게 눌렸다. 그 탓에 쿠로하가 떨고 있다고 알 수 있었다.

"그렇다고 해도 그게 뭐? 곁에 있으면 안 될 이유라도 돼? 곁에 있기 싫어지면 멋대로 거리를 둘 거야. 아무튼 감추는 의미가 없으니까 전부 털어놓고 서로 좋을 대로 하면 되잖아."

"대단하구나, 너⋯⋯."

쿠로하의 그릇이라고 할까, 여러 가지 것들을 초월한 자유분방함에 압도되었다. 쿠로하는 그저 사교적일 뿐만 아니라 내면에 유연함과 강인함을 지닌 대단한 녀석이었다.

그런 대단한 녀석이 상대이기에. 허세와 수치심 같은 마음만 가득한 내 작은 그릇이 한심하게 느껴졌다. 그래서 전부 내려놓고 솔직하게 모든 것을 털어놓기로 했다.

"뭐, 너니까 하는 말인데, 나 카치를 좋아했었어⋯⋯."

"⋯⋯응."

쿠로하라면 바보 취급하지 않으므로. 결코 다른 사람에게 말하지 않으므로. 그만큼 신용하고 있었기에 말할 수 있었다.

"하지만 남자친구가 있다고 그러고. 꽤 괜찮은 분위기라고 생각했었는데 역시 착각이었던 모양이라서⋯⋯ 뭐라고 할까, 이게 힘들어서 말이야⋯⋯."

"응."

"그래서 나⋯⋯."

눈에 눈물이 고였다. 하지만 그렇다고 한심하게 울 수도 없어서 열심히 참고 있으니 쿠로하가 정면으로 와서 내 머리를 가슴에 안았다.

"쿠로⋯⋯."

"잠깐이라도 우는 게 좋을 거야. 그편이 편해질 테니까."

차 버린 상대에게 위로를 받는 건 미안하게 느껴졌지만 상냥

함이 마음을 너무 편하게 해 주어서 피폐한 마음으로는 거부할
수 없었다.

"윽…… 흐윽…… ."

"그래그래, 아쉽게 되었어."

"젠장…… 첫사랑이었는데…… ."

"그렇구나, 카치 양이 보는 눈이 없네. 하루는 좋은 애인데."

말 한 마디 한 마디가 마음에 스며들었다.

나는 슬픔에 빠진 채 쿠로하라는 소꿉친구가 있다는 사실을
진심으로 감사하게 생각했다.

……………….

………….

…….

내가 진정했을 무렵에는 이미 석양이 거리에 내려앉고 있었다.

둘이서 나란히 저녁놀을 보며 나는 물어보았다.

"저기, 쿠로야. 이제부터 어떻게 하면 좋을까?"

"하루는 어떻게 하고 싶어?"

"솔직히 말해서 아직 카치를 좋아하는 마음이 남아 있어."

쿠로하는 진지한 표정으로 내 이야기를 들어주고 있었다.

"포기해야 하는데 아직 돌아봐 줄지도 모른다느니, 어떻게 방
법이 있지 않을까 하는 생각을 무의식중에 하고 있어."

"하루는 말이야, 분하지 않아?"

도발적인 말투에 살짝 욱했다.

"뭐라고 할까, 지금 하루의 생각은 나쁘게 말하면 카치 양의

동정을 구걸하는 것처럼 들려."

"윽…… 그렇게까지 말할 것 없잖아!"

"그치만 그렇잖아?"

"으, 아니, 뭐, 확실히……."

쿠로하의 말대로였지만 굴욕적이었다.

"솔직히 말해서 난 카치 양에게 화가 났어. 하루가 말했잖아. 때때로 하교 중에 만나서 즐겁게 이야기를 나누었다고."

"으, 응, 그랬지."

"난 그 말을 듣고 하루에게도 기회가 있다고 생각했어. 그럴게 카치 양은 남자를 되게 싫어하잖아? 그런 카치 양이 단둘이 있을 땐 상냥하다니 상상하기 어려운걸."

"그렇지?! 그래서 나도 착각해 버린 건데……."

"요컨대 그건 하루를 보험으로 두다가 역시 노리던 사람이랑 잘되었으니 이만 됐다는 거 아니야? 하루는 좋은 애인데 그런 식으로 우습게 보는 건 용서할 수 없어."

쿠로하의 노여움은 '의분(義憤)' 같은 것으로 생각했다. 옳지 못한 일이니까 화를 내고 있다. 그런 종류의 감정이라고――착각하고 있었다.

하지만 달랐다.

"――하루야, 복수하자."

한순간 뜨끔했다. 마음속 깊은 곳에 숨겨두고 있던 감정을 들

킨 줄 알았다.

"분하잖아. 그럼 복수를 해야지."

"쿠로…… 너, 좀 변했어?"

설마 쿠로하의 입에서 복수라는 말이 나올 줄은 몰랐다.

쿠로하는 기본적으로 온화한 성격으로 담백한지 집착적인지로 따지면 확실하게 담백한 쪽이었다. 복수 같은 집념 섞인 말은 어울리지 않았다.

"변했냐니 어디가?"

"조금 공격적으로 변했다고 할까, 너답지도 않게 부담스럽고 질척거린다고 할까……."

"……그럴지도."

쿠로하가 드물게 자조적인 미소를 지었다.

"솔직히 말하자면 난 카치 양이 싫어. 이전부터 싫어했어."

"정말로?!"

쿠로하가 누군가를 명확하게 싫다고 하는 건 처음 들었다.

"어떤 부분이 싫은데?"

"그게 말이지, 그냥 전부."

"다 싫다는 거야?! 네가 그렇게까지 말할 줄은 몰랐는데?!"

"그치만 나랑 하루는 이제 숨기는 게 없는 사이잖아? 둘 다 모든 것을 드러냈다고 할까, 좋아한다는 감정까지 서로 말했으니…… 지금까지도 벽은 거의 없었지만 그게 완전히 없어졌다는 편안함이 있는 것 같아. 그래서 화난 것도 숨김없이 표현한다는 느낌이야. 그래도 하루라면 이해해 줄 거라고 믿고 있으니까."

"응…… 그 마음 알겠어."

뭐라고 할까, 지금 쿠로하와 마음이 통한 것처럼 느껴졌다.

서로 좋아하는 사람까지 털어놓아서 어떤 의미로는 소꿉친구의 영역마저 넘어서고 말았다.

예를 들어 드라마라면 고백해 온 소꿉친구를 찬 다음에는 더는 곁에 있을 수 없다며 그대로 사라지는 것이 일반적이었다.

하지만 현실은 그렇게 단순하지 않았다. 여기서부터 시작되는 이야기도 있을 테니까.

실제로 나는 쿠로하를 차 버렸지만 지금까지 이상으로 가깝게 느꼈고, 지금까지 이상으로 모든 것을 드러내고 신뢰할 수 있는 존재로 인식하고 있었다.

"하루는 어떻게 생각해? 복수 말이야."

"……복수라. 조금 놀랐고, 진심인가 싶기는 했어."

"그것뿐이야?"

"정말로 쿠로에게는 아무것도 못 숨기겠네. 윤리적으로 문제가 있으니까 일단은 복수를 부정했지만 솔직히 복수하고 싶을 정도로 분해. 이젠 뭐라고 할까, 내가 이렇게 괴로우니까 그만큼 돌려주고 싶다는 게 본심이야."

이런 이야기는 다른 사람에겐 할 수 없었다. 쿠로하니까 말할 수 있는 내용이었다.

"그렇지? 그거면 되잖아. 그럼 복수하자. 그것도 평범한 복수가 아니라 최고의 복수를 해 주는 거야."

쿠로하가 흥분한 기색으로 말했다.

"최고의 복수라니?"

"그건 사람마다 다르잖아. 그러니까 이제부터 상담해 보자."

"아니, 나는 아직 복수하겠다고는 한마디도……."

아직 복수하겠다고는 말하지 않았다. 복수하고 싶을 정도로 분하지만 그 한 걸음을 내디딜지 어떤지에는 커다란 차이가 있었다.

"하루야, 아베 선배와 카치 양의 모습을 상상해 봐."

내 반응을 보고 돌연히 쿠로하가 그런 말을 꺼냈다.

"엑……."

"군말 말고 해봐."

생각하고 싶지도 않았지만 어쩔 수 없이 억지로 머릿속에 두 사람의 모습을 떠올렸다. 짜증이 날 정도로 잘 어울리는 미남미녀 커플이었다.

"두 사람이 사귀기 시작한 건 일주일 전이라지? 그럼 다음 주 정도에 본격적인 첫 데이트를 하겠네. 데이트 장소는 정석적으로 영화관은 어때?"

좋아하는 애가 잘생긴 남자와 사이좋게 영화관에 간다. 뒤엎고 싶어지는 광경이었다.

"역시 어두우면 대담해지는 남자가 있지? 그러니 아베 선배도 은근슬쩍 손을 잡으려고——."

"아니, 잠깐, 잠깐만! 그건 너무 빠르잖아! 적어도 세 번째 데이트 이후에!"

나는 분명 그 무렵엔 차인 충격으로 집에서 뒹굴고 있는 게 고작일 것이다. 그럴 때 남모르게 그 정도로 관계가 발전되었다면 완전 패배 정도가 아니라 확인 사살이나 다름없었다.

"하루는 사고방식이 낡았다고 할까, 좀 아버지 같은 시선으로 보고 있는 거 아니야?"

"윽⋯⋯."

"그치만 아베 선배는 배우로 데뷔했을 정도니까 진도가 빠를 것 같지 않아?"

"그렇긴 한데! 하지만⋯⋯ 그런 건 못 참겠다고!"

시로쿠사는 남자를 싫어한다. 환한 웃는 얼굴은 나에게만 보여준다. 그랬을 터였다.

하지만 아베 선배에게는 언제나 보여주는 건가⋯⋯? 지금까지도 보여줬던 건가⋯⋯? 아니, 어쩌면 좀 더 신뢰감이 담긴 눈으로 수줍게 웃어 보일지도⋯⋯?

"그 뒤에 밥을 먹고, 차도 마시고, 쇼핑도 하고. 전망대에 갈지도 모르지."

"젠장, 아베 이 자식! 우쭐대기는!"

"난 그런 건 처음이 가장 중요하다고 생각해. 처음이라면 신선하다고 할까. 만약 두 번째라면 그전과 비교해 버릴 것 같아."

"으그극⋯⋯."

그럼 뭐야. 만약 시로쿠사가 아베 선배와 헤어진 뒤에 나와 사귀더라도 그래 봤자 나는 두 번째 남자라는 거야? 어딘가로 데이트를 하러 가더라도.

'아, 여기는 아베 선배와 함께 온 적이 있어.'

같은 말을 듣거나.

'아베 선배는 제대로 에스코트해 줬는데⋯⋯.'

같은 말을 듣는 거냐고?!

아아아아아아악! 못 견뎌! 그것만큼은 무리야!

머리를 부여잡고 괴로워하는 나에게 쿠로하가 추격타를 가했다.

"그리고 어두워지면 집까지 데려다주는데, 카치 양이 집에 들어가려고 하면 일단은 손을 흔들며 헤어지려고 하다가 역시 잠깐만, 하고 불러세워서는 그대로 입술에──."

시로쿠사와 아베 선배의 그림자가 조용히 겹쳐진다.

얼굴이 붉어진 시로쿠사가 살짝 고개를 숙이며 말한다.

'아베 선배뿐이에요. 이런 야한 짓을 허락하는 건⋯⋯.'

나는 제방의 잡초를 마구 잡아 뜯었다.

"이 악녀! 자기만 즐거우면 다른 사람은 괴로워도 된다는 거야 뭐야?!"

상상했다! 상상해 버렸어! 언제나 청초한 시로쿠사가 아베 선배를 넋 나간 눈으로 보는 모습을!

섹시 화보 아이돌에게도 지지 않는다는 말을 듣는 시로쿠사를 끌어안으면 그 큰 가슴이 무척이나 부드럽겠지. 키스라도 하면 당연히 팔과 가슴에 시로쿠사의 감촉이 느껴지며 분명 달콤한 냄새가 날 테고 붉은빛이 도는 입술을 마음대로──.

"안 돼! 그건 안 돼! 용서 못 해!"

나를 선택하지 않았으면서 그런, 그런 짓까지⋯⋯!!

"하루야, 용서 못 한다는 건…… 어느 쪽이야?"

쿠로하가 싸늘한 말투로 나에게 물었다.

"……? 어느 쪽이냐니?"

"아베 선배를 용서 못 한다는 거야? 아니면 카치 양을 용서 못 한다는 거야? 어느 쪽?"

"그건——."

……그렇군. 쿠로하는 이렇게 말하고 있었다.

아베 선배가 용서되지 않는다면 나는 아직 시로쿠사에게 마음이 있는 것이다. 그리고 시로쿠사가 용서되지 않는다면 나는 시로쿠사에게 배신당한 것으로 인식하고 있으며 연심이 원망으로 변했다는 말이었다.

그리고 그에 대한 내 대답은——.

"쿠로."

"응?"

"내가 원망하고 있는 건——**둘 다야!**"

시로쿠사에게는 아직 연심이 남아 있었고, 배신당했다고도 느끼고 있었다. 모순되는 듯하지만 공존하고 있었다.

후후후…… 그래, 그거야. 당연히 둘 다 원망스럽지. 뻔하잖아!

"나를 차고 행복해지려는 카치 시로쿠사! 그런 악녀를 용서할 수는 없어!"

"카치 양도 딱히 양다리를 걸친 건 아니니까 악녀는 아니라고 생각해."

"그리고 아베 미츠루! 미남이 아무런 노력도 하지 않고 득만 보는 건 용납될 일이 아니야! 하늘이 용서해도 나는 용서 못 해!"

"뭐, 아베 선배도 노력하지 않은 건 아니라고 생각하지만."

"너 누구 편이야?!"

"사실을 지적하고 있을 뿐이지 부정하는 건 아니니까. 그래서 어떻게 할 거야? 아니면 이렇게 물어보는 편이 좋을까?"

쿠로하가 일어서며 나에게 손을 내밀었다.

"유죄? 무죄?"

나는 씨익 웃으며 손을 움켜잡았다.

"유죄야!"

힘차게 선언하며 손에 힘을 주었다.

"쿠로, 네 말대로야! 나에게는 최고의 복수가 필요해! 후후후, 못된 놈이라는 말을 들어도 상관없어! 이 굴욕을 반드시 몇 배로 돌려주겠어!"

"──그 말을 기다리고 있었어."

쿠로하가 손을 당겨서 나를 일으켜 세웠다.

"하루야, 협력할게. 못된 놈이면 어때. 그럴 게 그 두 사람은 이미 하루에게 못된 짓을 했잖아. 그럼 피차일반이지."

"후후, 역시 쿠로야! 네 말대로야!"

내가 비열한 웃음을 짓자 쿠로하도 못된 웃음을 지었다.

문득 떠올랐다. 쿠로하의 부모님에게 들은 말이었다.

쿠로하(黑羽)라는 이름은 풀어 쓰면 검은 날개이니 타천사를 연상하는 사람이 많았다. 그러나 쿠로하의 부모님은 클로버(쿠로바)를 연상하여 지은 이름이라고 하셨다.

클로버의 꽃말은 '행운', '나를 생각해 주오', '약속', 그리고 '복수' ——.

꽃말에도 밝은 면과 어두운 면이 있는 것처럼 사교적이고 주위 사람들에게 사랑받는 쿠로하도 밝은 면과 어두운 면을 가지고 있었다.

"이건 첫사랑 복수야!"

첫사랑은 생애 한 번뿐인 귀중한 체험. 그렇기에 아름답고 순수하고 무겁다.

그런 마음이 짓밟혔는데 꼬리 말고 도망칠 수 있을 것 같아?!

응? 너희도 그렇게 생각하지?

그 두 번째
첫사랑이니까 어쩔 수 없다

*

카치 시로쿠사는 다재다능하다고 알려져 있었다.

고등학생의 나이로 소설가. 그것만으로도 아주 대단한데, 성적도 좋았다.

그리고 그건 머리가 좋기 때문이라고 생각했었다.

하지만 아니었다. 머리도 나쁜 건 아니겠지만 시로쿠사는 다른 사람과 비교해서 특별히 뛰어난 것도 요령이 좋은 것도 아니었다.

그걸 아는 것은 반 안에서는 아마도 나 혼자뿐일 것이다.

'와, 대단해! 깔끔하네! 이렇게 완벽하게 정리된 노트는 처음 봤어!'

고등학교 2학년이 되어서 처음으로 시로쿠사와 같은 반이 되어 들떴을 무렵이었다. 새로운 반에서 시로쿠사는 당연하게도 주목을 받고 있었다.

작년 시점에서도 쿨하고 까다롭다는 평판이어서 고립되어 있었지만 어디까지나 소문 정도였다. 같은 반이라는 친근한 존재가 되어 새롭게 관심을 받은 듯했다.

그러나 주목을 받는 게 꼭 좋기만 한 것은 아니었다. 질투가 담긴 관심도 있어서 드센 성격의 같은 반 여자애가 노트를 들여다본 것도 그 일환이었다.

'애, 시험 기간에 보여줘. 괜찮지?'

이야기도 거의 나눠본 적 없으면서 이렇게 친한 척 굴었다. 약은 태도에 듣고 있던 나까지 화가 날 것 같았다.

그러자 시로쿠사는 말없이 일어섰다.

그리고…… 아무런 망설임도 없이 아무렇게나…… 완벽하게 정리되어 있던 노트를 찢었다.

찌익찌익, 하고 종이가 찢어지는 소리에 주위에 있던 애들이 얼어붙었고 나조차도 등줄기가 싸늘해졌다.

충격적인 행동에 애들이 멍하니 보고 있으니 시로쿠사는 그 여자애에게 잘게 찢어진 노트 쪼가리를 뿌렸다.

'미안해. 방금 없어져서 못 보여주겠네. 하지만 이건 내 노트니까 어떻게 하든 딱히 문제 될 건 없잖아? 뭐 더 할 말 있어? 설마 타인에게 기생해서 단물만 빨아먹는 해충이라도 되는 거야?'

무시무시한 위협과 조소였다.

분개한 같은 반 여자애는 '미친 거 아니야?!'하고 적반하장으로 화를 내고는 자리를 떴다. 그리고 시로쿠사도 분위기가 거북해졌는지 노트 쪼가리를 담담히 빗자루로 쓸어모아서 편의점 봉지에 담고는 아직 점심시간임에도 가방을 들고 학교를 나가고 말았다.

하교 중에 때때로 시로쿠사와 이야기를 나누던 나는 이미 그

애에게 반해 있었다. 그래서 그냥 내버려 둘 수 없었기에 적당한 이유를 대고 조퇴하는 척하며 시로쿠사의 뒤를 몰래 쫓았다.

쫓아가 보니 시로쿠사는 귀가하지 않고 도서관으로 향하고 있었다. 그리고 도서관에 도착한 시로쿠사는 사람들의 눈에 잘 띄지 않는 안쪽 자리에 앉더니 오는 길에 사 온 새 노트를 펼치고 가방에서는 낡은 노트를 꺼냈다.

낡은 노트에는 수업 중에 쓴 메모로 보이는 글자가 빼곡히 적혀 있었다. 아무래도 그 내용을 새 노트에 정리하려는 모양이었다.

아마도 그게 시로쿠사의 공부법으로—— 그 찢어버린 노트는 그런 노력의 결정이었다.

시로쿠사의 눈에서 눈물이 뚝뚝 떨어져 내렸다. 하지만 시로쿠사의 샤프와 색펜은 멈추지 않았다. 일심불란하게 노트를 처음부터 적어나갔다.

나는 그 터무니없는 노력과 자존심, 그리고 부조리에 지지 않으려 하는 고상함에 충격을 받았다.

시로쿠사는 뭐든지 잘하는 재녀로 인식되고 있지만 그건 노력의 결과로 만들어진 모습이었고 본래의 시로쿠사는 좀 더 필사적이고 서툰 성격 같았다. 좀 더 편한 방법은 얼마든지 있을 텐데 눈물을 흘리면서 노력하는 모습에는 서툴다는 말밖에 나오지 않았다.

하지만 그런 서툰 모습이 무척 아름다웠다.

그래서 나는——.

··················.

·············.

······.

"응?"

침대에서 벌떡 일어났다.

창밖에서는 화창한 햇살과 참새가 지저귀는 소리. 상쾌한 아침이었다.

알람 시계를 보니 시각은 7시 15분. 알람이 울리기까지 15분이 남아 있었다.

"알람 전에 눈을 뜬 건 초등학생 이후로 처음인데……."

이유는── 알고 있었다.

어제는 분하고 괴로워서 끙끙 앓느라 거의 자지 못했다. 아침 해가 뜰 무렵에는 곯아떨어졌지만 그래도 숙면과는 한참 거리가 멀었다. 아무리 쿠로하가 복수를 부추겨줘서 조금은 긍정적인 기분이 되었더라도 금세 털어낼 수 있을 정도로 생각의 전환이 빠른 편은 아니었다.

"……거지 같네!"

괴로운 꿈이었다. 시로쿠사의 좋은 점을 발견했을 때의 일은 어째서 지금 떠올리는 거지.

눈부신 추억이었을 텐데 하루 만에 거지 같은 기억으로 전락했다. '다른 사람은 모르는 진정한 시로쿠사의 좋은 점을 나만이 알고 있다고 생각하던 시절의 내가 무진장 기분 나쁘게 보이는데?' 하고 정신을 차린 뒤에 느낀 수치심과, '나는 좋은 점을 알고 있는데 어째서 다른 녀석을 선택한 거냐'는 질투가 합쳐진 결과가 그 '거지 같다'라는 말에 집약되어 있었다.

"어째서 아베 같은 놈팡이를……."

부글부글 끓고 있으니 이번에는 아베의 얼굴이 떠올랐다.

아베 미츠루는 3학년 선배로 드라마에 데뷔한 인기인이었다. 드라마에 나올 만큼 왕자님 같은 산뜻한 미남이었고 그 부분은 아무리 나라도 트집 잡을 수는 없었다.

다만 연기는 별개였다.

'애, 그거 봤어? 아베 선배가 나온 드라마.'

'봤지~! 선배 완전 멋졌어~!'

'선배 눈에 확 띄었지~?! 완소 미남인데 연기도 좋았어~! 역시 선배는 천재야~!'

그렇게 같은 반 여자애들이 떠들었지만── 솔직히 말해서 나는 '쓰레기 같은 연기'였다고 생각했다. 인터넷에서는 부모의 후광이라느니 자식 농사 망했다느니 하는 신랄한 평가가 달려 있었으니 나만 그렇게 생각한 것도 아니었을 것이다.

그래서 아베 선배의 인상은 원래부터 상당히 안 좋았다. 다만
──.

'스에하루, 인기 없는 너의 편견이 담긴 것으로밖에 안 들리거든. 아, 그러고 보니 아베 선배는 카치와 가족 단위로 아는 사이라며? 혹시…….'

그런 말을 테츠히코에게 들어서 질투와 편견이 들어간 것도 부정할 수는 없었다.

'그래, 알고 있어. 편견이라는 건.'

그도 그럴 게 아베 선배는 얼굴이 괜찮고, 부모가 배우고, 돈도 많고, 집안도 좋고, 덤으로 성적도 높은 모양인 데다가 운동 신경도 뛰어나고 성격도 겸손하다고 한다.

테츠히코는 잘생겼지만 날라리 같아서 여자 중에서도 가벼운 애들밖에 넘어가지 않았고 쓰레기라서 사귀어도 오래가지는 못했다. 그래서 뭐라고 할까, 미워할 수 없는 구석이 있었다.

그러나 아베 선배에게는 그런 여성과 얽힌 문제도 없었고 얼굴도 성실해 보이는 왕자님 스타일이었다. 똑같이 잘생겼더라도 테츠히코와는 인기가 하늘과 땅 차이였고 교내에 비공식 팬클럽이 있을 정도였다.

완전무결한 미남. 그것이 아베 미츠루였다.

"젠장, 나도……."

무심결에 튀어나온 주제 모르는 말에 나도 깜짝 놀랐다.

'나도는 무슨.'

당연했다. 잠시만 생각해봐도 안다.

나는 평범했다. 운동도 성적도 범부 수준이었다. 얼굴도 좋지도 나쁘지도 않았다.

재능으로 연애의 성패가 결정되는 건 아닐지도 모르지만 다른 사람보다 뛰어난 능력과 용모는 '무기'가 된다. 그 관점에서 말하자면 아베 선배는 자신이 지닌 많은 무기를 사용할 줄 아는 치트 플레이어였다. 평범한 내가 덤비기 위해서는 뭔가 별개의 무기…… 적어도 말재간이 좋다거나 눈치가 빨라야 할 것이다.

그런 것도 전혀 없으면서 '나도'라는 건 분수를 모르는 정도가 아니었다.

'하지만──.'

그래도 다른 무기라면 있었다. 다만 한 번은 버렸던 무기였다. 그리고 오랫동안 사용하지 않았던 탓에 지금도 사용할 수 있을지 없을지는 알 수 없었다.

요컨대 없는 거나 다름없었다.

하지만 마음속 어딘가에서 계속 걸렸다. 분한 마음이 있었다.

'나는──.'

아직 할 수 있을까……? 아직 늦지 않은 걸까……?

망설이고 두려워하며 후회하는 사이에 타인은 나를 두고 계속해서 나아간다.

"……지고 싶지 않아."

그게 지금의 솔직한 심정이 담긴 말이었다.

무엇이 승리이고 무엇이 패배인지는 잘 모른다.

그저 '차이다=패배'라는 생각만이 들었다. 표현하자면 완전패배 정도의 기분이었다.

하지만 패배를 인정하지 않는 한 진 것이 아니라는 건 진리이기도 했다. 쿠로하가 제안한 복수에 끌린 건 패배를 인정할 수 없었던 내가 어떻게든 이기고 싶다고 바랐기 때문이겠지.

이런 식으로 생각하는 건 나 혼자뿐일까. 아니, 분명 그렇지 않을 것이다.

그도 그럴 게 첫사랑이 깨졌다고. 분하잖아!

라이벌이 미남에 돈이 많고 머리도 좋은 데다가 운동 신경까지 뛰어나니 져도 어쩔 수 없다고?

그럴 리가 없잖아! 평범해도, 재능이 없어도 상관없어! 재능 탓으로 돌리면 변명 같아지잖아! 그러니까 나는 그런 말은 안 해! 그래도 이겨 보일 테다!

그럼 어떻게 하면 이길 수 있을까. 어떻게 하면 역전할 수 있을까. 복수할 수 있을까.

나는 바보지만 이기는데 필요한 것이라면 알고 있었다.

이길 수 없는 상대와 정정당당히 맞서는 건 용감한 것이 아니라 무모하다고 한다. 이런 경우에는 허점을 찌르는 것이 좋다.

상대와 같은 무대 위에 서도 승산은 없다. 예컨대 얼굴로 승부를 겨뤄봐야 절대로 이기지 못한다. 그러므로 상대가 못 하는 것으로 승부를 겨루는 것이다.

약자에게는 약자만의 싸움법이 있다. 침착하게 생각해보면 의외로 방법은 있었다.

그래, 요컨대 단적으로 말하자면──.

수단과 방법을 가리치 않는다── 그런 말이다.

＊

"자, 그래서 제23회 엔터테인먼트 동호회 원탁회의를 시작할 건데──."

체육관에 있는 제3 회의실.

예전에는 연극 준비실이라는 명칭이었지만 연극부는 7년 전에 부원 부족으로 폐부가 되었다. 그 뒤에 제3 회의실이 되었는데 학생은 학생회에 신청하면 자유롭게 빌릴 수 있었다. 그런 이유로 테츠히코는 엔터테인먼트 동호회를 만든 이후로 우선 제3 회의실을 회의 장소로 접수하여 정식 동아리 승격의 발판으로 삼으려 했고, 오늘도 평소처럼 빌려온 것이었다.

그러나——.

"요컨대 하루는 아베 선배의 약점을 찾아서 주위 사람들에게 폭로하겠다는 거야?"

"그거지! 남자에게는 숨기고 싶은 게 한두 개쯤은 있으니까! 그걸 성대하게 퍼트리자는 거야! 그렇게 되면 사귀고 있는 카치도 괜찮을 리가 없지! 남자 보는 눈이 없다고 들먹여서 나쁜 남자에게 넘어간 바보 같은 여자라는 이야기를 흘리는 거야! 이걸로 아베도 카치도 밑바닥으로 떨어지는 거지! 그야말로 최고의 복수! 크크크, 이 무시무시하게 천재적인 생각이 어때?!"

나와 쿠로하는 다른 일—— 첫사랑 복수 이야기를 떠들고 있었다.

"드, 듣고 있냐, 스에하루~ 시다……."

테츠히코가 어이없다는 듯이 말을 걸어왔지만 내 귀에는 들리지 않았다.

수업 중에 다양한 복수 방법을 고심하던 나는 당장에라도 쿠로하와 상담을 하고 싶었다. 그러나 내용이 내용인 만큼 혼자서 아이디어를 짜낼 수밖에 없었다.

그리고 마침내 찾아온 방과 후. 체육관에 있는 제3 회의실은 후미진 곳에 있어서 방음도 완벽에 가까웠다. 이보다 상담에 적합한 장소는 없었기에 마침내 아이디어를 피로할 수 있게 된 나는 흥분해 있었다.

"……하루야, 테츠히코 군이 부르는데…… 괜찮아?"

"응? 테츠히코?"

　내가 고개를 들자 확실히 화이트보드 앞에 테츠히코가 서 있었다.

"너, 언제 왔냐?"

　내가 쿠로하를 데리고 왔을 때는 없었다. 이야기에 집중한 나머지 전혀 깨닫지 못했다.

"네가 지나치게 열중하느라 몰랐던 거거든. 좀 깨달으라고."

　젠장, 여기서 이야기를 끝내야 하나. 내용이 내용인 만큼 테츠히코에게 들려줄 수는 없었다. 겨우 본론에 들어간 참이었는데──.

"테츠히코, 딴 데로 좀 가주라. 쿠로와 중요한 이야기가 있거든."

"여기 내가 빌렸는데?"

"어차피 대단한 이야기도 아니니까 오늘은 됐잖아."

"뭐 임마?"

　테츠히코의 미간에 주름이 잡혔다.

"곧 축제라고. 뭘 할지 오늘 결정할 예정이거든?"

"너 혼자 정하면 되잖아. 어차피 목적은 너 혼자 튀는 거니까."

"스에하루, 너 정말로 안 나갈 거야?"

"난 한가했으니 네 부탁을 들어줬을 뿐이야. 몇 번이나 말하지만 나갈 생각은 없다고. 그럼 이걸로 그 이야기는 끝. 너 나갈 때 도와줄 테니까 이만 돌아가. 쿠로야, 그래서 말인데——."

퍽, 하고 머리를 얻어맞았다. 무진장 아팠다. 꼭지가 돌았다.

"야 이 자식아, 뭐 하는 거야?!"

"네가 열 받게 하는 소리를 하니까 그렇지! 이 호구 같은 놈아아아아!"

"뭘 혼자 열 받고 난리야! 그럴 때가 아니라고, 이 눈치 없는 놈아아아아!"

"차였잖아! 그 정도는 알고 있거든 멍청아?!"

"……………………어, 어떻게 알았냐."

내가 눈이 동그래져서 굳어 있으니 테츠히코는 머리를 긁으며 쿠로하에게 시선을 보냈다.

"하루는 알기 쉬우니까. 테츠히코 군은 감도 좋고. 그야 알지 않을까?"

"지, 진짜로? 아, 아니거든?"

"스에하루, 됐거든. 얼굴에 적혀 있다고."

"그, 그러니까 아니거든?"

"국어책 연기가 따로 없네……. 시다, 왜 저러는지 알아?"

"옛날부터 평소에는 이랬어."

"뭐, 사람에 따라 다르겠지만."

테츠히코가 가볍게 헛기침을 했다.

"——아무튼 스에하루. 나도 이미 알고 있으니까. 숨겨봤자 성가실 뿐이라고. 다른 사람에게는 말 안 할 테니까 안심해."

"저, 정말로 말 안 할 거지?"

"당연하지. 우리 친구잖아."

테츠히코가 내 양어깨에 손을 올리며 위로가 담긴 시선을 보냈다.

나는 감동해서 눈시울을 적셨다.

"테츠히코…… 너……."

"……뺑이지롱! 이렇게 재미있는 일을 안 떠들고 다닐 리가 있냐고, 크크크!"

이 자식이 말이 끝나자마자 본성을 드러내고……!

"죽을래?!"

"죽여 보시든가! 죽기 전에 떠들고 다녀줄 테다아아아아!"

한숨을 내쉰 쿠로하가 내가 공물로 바친 감자칩의 봉지를 뜯었다. 그리고 우리를 제지하는 일도 없이 감자칩을 먹으며 핸드폰을 만지작거리기 시작했다.

"그러기만 해봐라! 네놈의 여성 편력을 여자친구가 생길 때마다 떠들어주겠어!"

"뭐야?! 비겁하잖아, 스에하루!"

"흥, 나는 이래 봬도 엎드려 빌기를 마스터한 남자라고! 양심 따윈 휴지에 싸서 버렸다!"

"하, 백 명 이상의 여자들에게서 진심으로 죽으라는 말을 들은 나를 이길 수 있을 것 같아?"

"여유롭지. 나는 3초 만에 알몸이 될 수 있어. 어때? 넌 할 수 있냐?"

"풉, 난 여자를 꼬시기 위해서라면 1초 만에 하이힐을 핥아줄 수 있다고. 어때, 내가 이겼지?"

"둘 다 정말 바보 같다니까……."

쿠로하가 한숨을 내쉬며 우리 두 사람 사이에 감자칩을 내밀었다.

"너희도 먹을래?"

""먹을래!""

식욕에 낚여서 다 함께 말없이 감자칩을 씹어 먹었다.

"아, 시다. 배드민턴복 귀엽네."

"고마워."

"배드민턴 치다가 나온 거야?"

"연습하러 나가길래 내가 데리고 왔어."

"하루도 참 막무가내라니까."

"조금이라도 빨리 상담하고 싶었다고."

"하아, 동아리 활동 끝나면 집으로 간다고 했잖아……. 나중에 하루가 부장에게 말 좀 해줘."

"할게할게. 엎드려서 빌어줄게."

"스에하루, 진짜 깬다. 그 특기 진짜 좀 깨. 그보다 시다 말이야. 슬슬 동호회 좀 들어와 줘. 두 사람으로는 역시 축제에서 할 수 있는 게 얼마 없다고."

"조금만 더 보류로 해줘. 딱히 열심히 동아리 활동을 하는 건 아니지만 인간관계도 있으니까."

"그려."

이야기 중인 쿠로하의 빈틈을 노려서 감자칩을 한 줌 움켜쥔 나는 한 번에 입에 넣고 맛을 음미하다가——.

"……어라? 뭔가 화제가 바뀌지 않았나?"

그렇게 깨닫고는 중얼거렸다. 그러자 쿠로하와 테츠히코가 한숨을 내쉬었다.

"이제야 깨달은 거냐……."

"하루야…… 그건 좀……."

"딱한 애를 보는 듯한 눈으로 보지 말라고!"

나라도 상처받거든?

"뭔가 스에하루가 딱하게 느껴지기 시작했는데. 뭐, 오늘은 내가 물러나 주지. 이 회의실은 마음대로 쓰라고."

그렇게 말한 테츠히코가 나에게 열쇠를 던졌다. 뒷정리와 열쇠 반납만 해달라는 의미였다.

"괜찮아?"

"너 오늘은 내 말을 들을 만한 상황이 아니잖아. 축제까지 시간은 없지만 됐어."

어라, 웬일로 테츠히코가 상냥한데……. 무슨 바람이 분 거지.

상냥하게 해 주니 왠지 좀 미안해졌다. 그래서 제대로 사과하기로 했다.

"미안해, 테츠히코. 어느 정도 정리되면 제대로 도와줄 테니까."

"그래그래."

테츠히코는 어깨에 가방을 걸치고는 웬일로 시원시원하게 제3회의실에서 나갔다.

"저 녀석 뭐 잘못 집어 먹었나……? 혹시 도플갱어……?"

"보통은 실연을 신경 써준 거라고 받아들일 텐데…… 하루도 참 꼬였다니까."

뭐, 아무튼 이걸로 둘이서 거리낌 없이 이야기를 나눌 수 있는 장소를 확보했다. 화제를 복수로 되돌리자.

"그래서 내 생각에 대한 감상은 어때? 아베의 약점을 폭로하고 거기에 엮어서 카치의 평판도 떨어트리는 거지. 일거양득 같지 않아?"

쿠로하가 귀엽게 턱에 손가락을 대며 생각에 잠겼다.

"뭐, 솔직히…… 나쁘지는 않아 보여."

"오오!"

"이번 목표는 '최고의 복수'야. 그러니 하루가 가장 후련해지는 방법을 모색하는 게 제일이니까 하루의 의견으로 가는 건 당연하지만 그걸 차치하더라도 괜찮다고 생각해. 원망하는 상대를 깎아내리는 건 역시 왕도적이지."

"그래?!"

"아베 선배와 쓸데없이 대항하려고 들지 않은 부분이 괜찮아. 비겁하기는 하지만 효과적이라고 생각해. 그 선배도 소문으로 듣기엔 상당한 완벽 초인이니까 정면에서 싸우면 압도적으로 불리하지."

"역시 쿠로야. 알아주는구나."

내 의도를 쿠로하는 완벽하게 이해해 주고 있었다. 역시 소꿉친구라고 해야겠지.

그러나 거기서 쿠로하의 표정이 딱딱해졌다.

"하지만 좀 어설퍼. 적어도 두 가지 문제가 있거든."

"뭐……?! 무슨 문제인데……?!"

쿠로하가 가늘고 예쁜 검지를 똑바로 세웠다.

"첫 번째는 이 복수 방법은 리스크가 엄청 크다는 거야. 아베 선배의 약점을 찾는 과정에서…… 가령 스토킹이 들키면 엄청나게 욕을 먹겠지. 거기에 모처럼 약점을 찾아내도 폭로하는 과정에 실수가 있으면 악담을 퍼트린다고 하루 쪽이 대미지가 클 거야. 아베 선배는 이미지가 무척 좋으니까 카운터를 조심할 필요가 있다고 생각해."

확실히 맞는 말이었다. 상대를 깎아내리는 건 솔직히 말해서 비겁한 방법이었다. 다른 사람에게 알려지면 자신의 평판이 곤두박질친다. 쉽게 취할 방법은 아니었다.

"쿠로야, 하지만."

나는 이미 각오가 되어 있었다.

"그건 이미 염두에 두고 있어. 리스크도 없이 아베 같은 치트쟁이를 한 방 먹일 수 있을 거라는 생각은 안 해. 그러니까 그건 상관없어."

"……알았어. 그럼 다른 문제점을 말할게."

"뭔데?"

"그 하루의 계획으론 잘 풀리더라도 이기치는 못해. 지치만 않을 뿐이야."

……무슨 말인지는 알 것 같았다.

복수에 흔히 따라붙는 '복수는 달성했지만 허무해……' 라는 결말이었다.

말하자면 내 패배였던 것을 복수를 통해 겨우 양측 녹아웃 패배로 끌고 간다는 것뿐이다. 결코 이겼다고 할 수 없다.

"그래서는 최고의 복수라고 할 수 없잖아?"

"……그렇긴 하지. 하지만 그럼 어떻게 해야 하는데?"

"간단해."

쿠로하가 내 손을 양손으로 감싸 쥐었다.

"하루가 행복해지는 거야. 행복해져야 마침내 이긴 게 되는 거야. 그렇게 생각하지 않아?"

"그렇지……. 쿠로의 말대로야. 그나저나 행복이라……."

지금 상황에서는 가장 동떨어진 말처럼 느껴졌다. 복수의 불길에 몸을 불태우고 비겁하다는 오명마저 뒤집어쓰려는 상황에서 행복이라는 건 다른 행성의 이야기로밖에 느껴지지 않았다.

그래도── 한순간 뇌리를 스치는 생각이 있었다.

"지금 행복한 순간이 떠올랐지? 어떤 장면이었어?"

내 마음을 꿰뚫어 본 쿠로하가 재촉했다. 하지만 나는 바로 대답하지 못했다.

나는 쿠로하를 찼지만 쿠로하는 나를 아직도 좋아해 주고 있다.

그런 상대에게 말해도 괜찮은 건지는 알 수 없었지만 이미 쿠로하에게는 제방에서 한심한 모습을 전부 보이고 말았다. 그 탓에 쿠로하에게는 무엇이든 감추지 않아도 될 것 같은 기분이 들어서 떠오른 생각을 입에 담고 있었다.

"카치에게 고백받는 광경이 떠올랐어."

복수하겠다고 결심해도 역시 아직 시로쿠사에게 감정이 남아 있었다. 분하고 한심했지만 그게 본심이었다.

"물론 열 받고 복수할 생각도 있어! 그런데 말이지…… 나도 참 바보 같게……."

"응, 정말 바보야."

쿠로하의 가차 없는 말이 가슴에 꽂혔다.

"윽…… 맞아! 나도 알고 있어!"

"그치만 심정은 이해해."

쿠로하가 내 팔에 툭, 하고 이마를 대었다.

나는 미안한 마음으로 가득했다.

시로쿠사에게 당한 것을 나는 쿠로하에게 하고 있었다. 그런데 쿠로하는 원망의 말 한마디도 하지 않았다.

"그러면 말이야, 나랑 하루가 사귀는 척을 하는 건 어때?"

"뭐?!"

뜻밖의 제안에 나는 쿠로하의 진의를 알 수 없었다.

사귀는 척을 하면 쿠로하에게 더 큰 상처를 주는 게 되지 않을까? 하지만 쿠로하가 제안한 일이고 거기에 무슨 의미가 있다는 거지?

표정을 보고 내가 이해하지 못했다는 것을 알아차렸는지 쿠로하가 어린애에게 가르치는 것처럼 상냥하게 이야기했다.

"역시 연애로 졌다면 연애로 이겨야 하지 않나 싶어서."

"그, 그건 그럴지도 모르지만 말이야……."

"이런 건 말이지, 상대와 같은 위치에 서는 게 중요해. 카치 양은 남자를 싫어하는데 하루에게는 상냥한 일면을 보여줬어. 그렇다는 건 어느 정도의 호감은 있다는 말이고 어쩌면 어장 관리하자는 정도의 마음은 있었다고 가정해도 된다고 봐."

"그, 그렇구나……."

"그래서 자신이 노리던 남자와 커플이 되었으니 방류하려고 했는데, 그때 물고기 군이 여자친구를…… 그것도 나처럼 귀여운 애를 여자친구로 삼았다는 이야기를 들으면 어떻게 생각할 것 같아?"

"너 때때로 자신감이 지나칠 때가 있단 말이지."

"그러면 안 돼……?"

쿠로하가 촉촉해진 눈으로 올려다보며 귀엽게 몸을 비비 꼬았다.

망할 겁나게 귀엽네, 이 자식! 남고생을 상대로 그런 행동은 비겁하잖아!

"……뭐, 확실히 귀엽기는 하지만."

"아싸, 내 승리."

승리의 V사인. 뭐가 승리의 기준인지는 알 수 없었지만 쿠로하는 대단히 만족스러워했다.

뭐, 그건 그렇고 쿠로하의 제안은 감탄이 나왔다. 시로쿠사의 입장에서 볼 때, 어장 관리하던 남자가 돌연히 쿠로하 수준의 여자애를 여자친구로 삼았다면 이렇게 생각하겠지.

'어라? 어장 관리하고 있었다고 생각했는데 혹시 내가 어장 관리당하고 있었던 건가……?'

──하고.

대단하지 않아?! 효과적인 일격이라고! 내가 바라던 굴욕을 주는 일격이야!

"하지만 괜찮아? 네가 무리하는 거 아니야? 거짓말이라고는 해도 나 같은 놈과 사귀고 있다는 소문이 퍼지면 너한테 피해가 될 것 같은데."

나는 바보니까 내가 쿠로하 수준의 여자애와 사귀면 부러움을 받겠지만 쿠로하 입장에서는 나 같은 수준의 남자와 사귀어 봤자 '약점 잡혔어?'나 '소꿉친구라고 불쌍해서 사귀어 주는 거지?' 같은 말을 들을 게 뻔했다.

……응, 내가 생각해도 비참해지는데.

요컨대 나와 거짓으로 사귀어도 나에게는 이득이 있지만 쿠로하에게는 이득이 없다는 말이었다. 그런데도 정말로 괜찮은 걸까?

쿠로하는 양손으로 허리를 짚으며 하아, 하고 한숨을 내쉬었다.

"차암, 하루는 정말 바보라니까."

"아니, 그렇기는 한데 우선은 해설 좀."

"거짓이라도 좋아하는 사람과 사귈 수 있는 거잖아. 나에게도 충분한 이득이 있다는 거지."

"끄으으으으윽——."

뭐지? 방금 엄청난 충격이?!

땅바닥에 이마를 비비며 사과하고 싶어지는 미안한 마음과 심장을 움켜쥐고 쥐어짜는 듯한 압력이 공존하고 있었다.

그래도 불쾌하지는 않았다. 좋아하는 사람이란 말을 듣고 무진장 기뻤다. 호의가 직접 전해져 와서 뛰어다니고 싶어지는 듯한 고양감이 느껴졌다. 여러 가지 감정이 뒤섞이며 정신이 혼미해질 것 같았다.

……어라? 이상한데. 쿠로하가 이렇게 귀여웠던가……?

목을 갸웃거리고 있는 쿠로하가 평소의 세 배는 귀엽게 보였다. 고동이 멎지를 않았다.

아니, 안 되지. 이런 전개는 안 돼. 내가 너무 쉬운 놈 같잖아. 줏대도 없냐고.

"하루야, 무슨 말이라도 해."

"아, 아니, 자, 잠깐만 있어 봐. 뭔가 진정되질 않아서 말이 나오질 않아."

나는 등을 돌리고 웅크려 앉았다. 양쪽 귀를 손으로 덮어서 소리를 차단했다.

진정하자. 내면의 세계에서 침착함을 되찾는 거야. 그래, 이렇게 잠시 정보를 차단하고 있으면 카메라 앞에서처럼 금방 차분해져서——.

그러자 쿠로하가 밀착될 정도로 옆에 붙으며 내 손에 깍지를 꼈다. 그리고 내 손을 귀에서 떼어내더니 숨결이 닿을 정도의 거리에서 속삭였다.

　"이제 그만 이 누나에게 솔직한 마음을 전부 털어놓는 게 어때?"

　"…………!"

　등줄기가 오싹해졌다. 쾌감이 손가락 끝까지 전해지며 전율이 느껴졌다.

　나는 전력으로 물러났다.

　"쿠로야! 이건 안 돼, 정말로 안 돼!"

　"뭐가?"

　짓궂은 누나 모드가 된 쿠로하는 도발적이고 묘한 색기가 있어서 상대하기가 힘들었다.

　"……다 알면서."

　"아하하. 하루 귀여워~."

　뚝, 하고 이성이 끊어졌다.

　심리적인 압박감과 죄악감에 몰려있는 상황에서 녹아내리는 듯한 속삭임과 숨결에 이미 이성의 대부분은 날아가 있었다. 그럴 때 귀엽다며 어린애를 대하는 듯한 말을 듣고 완전히 놀림을 받고 있다는 것을 실감한 나의 희미하게 남아 있던 이성이 끊어졌다.

　끓어오르는 건 분개와 반항심이었다. 하지만 나도 남자였다. 폭력에 몸을 맡기지 않고 당당하게 본심을 쏟아냄으로써 대항

했다.

"귀여운 건 너거든, 이 자식아! 거짓이라도 그런 너와 사귄다고 하니 엄청 쑥스러워지잖아! 그래놓고 기뻐하는 나도 기분 나쁘고! 안 그래?!"

쿠로하가 동그랗게 뜬 눈을 몇 번이나 깜빡였다. 이어서 얼굴을 새빨갛게 물들이고는 뺨을 긁었다.

"아…… 뭔가 미안."

여자란 비겁하단 말이지. 쑥스러워하니까 귀여워서 질책하지 못하겠다.

"앗, 아니, 나야말로 미안……."

"아, 아니야, 하루가 내 앞에서 귀엽다고 해준 적 없었으니까…… 뭔가 쑥스러워져서……."

크으, 이거라고! 더럽게 귀엽네!

그래도 그 말까진 할 수 없었던 나는 최대한 저항해보았다.

"그런 네가 도발하면 농담이란 걸 알아도 두근거리니까 참아줘! 정말로 흔들린다고!"

"자, 잠깐, 하루야, 너무 정직하잖아……."

"뭐 어때! 네가 본심을 털어놓으라며. 아니면 뭐야, 넌 싫어?"

"그, 그럴 리가 없잖아. 그야 좋아하는 사람에게 그런 말을 들으면 기쁘기는 한데……."

역시 안 되겠다! 서로 본심을 전부 드러내니 무진장 위험해!

이 분위기! 뭐라고 할까…… 핑크빛? 좋아한다는 말을 가볍게, 그것도 진심으로 해 버리면 이성이 녹아내린다고.

곁눈질로 쿠로하를 힐끗 살펴보자 마침 쿠로하도 나를 올려다보고 있었다.

　한순간밖에 보지 않았는데 시선이 딱 부딪치고 말았다.

　서로 타이밍이 너무 좋잖아. ……부끄럽다.

　자석과 자석이 반발하는 것처럼 우리는 서로 시선을 떼며 엉뚱한 방향을 보았다.

　"그, 그럼 거짓이지만 우리가 사귄다는 소문을 내서 카치 양에게 굴욕을 준다는 계획은 가결된 것으로……."

　"그, 그렇지. 채용하자……."

　"그, 그러면 일단 기성 사실을 만들기 위해서…… 뽀뽀라도 해 둘래?"

　푸웁! 하고 나는 뿜고 말았다.

　"야, 쿠로! 녹아내렸어! 네 이성 지금 녹아내리려 하고 있어!"

　"아니, 그치만! 이건 분위기에 넘어가서 해 버리는 상황이잖아! 그러니까 뽀뽀 정도라면 괜찮을 것 같아서."

　"안 돼, 안 된다고…… 내 이성도 녹아내릴 것 같아……."

　"흐음~ 아직 참고 있구나……? 나는 지금 이런데……? 뭔가…… 치사해……."

　쿠로하의 입술이 요염하게 빛났다. 희미한 붉은 기가 도는 도톰한 입술이 시선을 끌어당겼다.

　나는 쩔쩔매며 뒷걸음을 쳤다. 그러나 의자에 다리가 걸려서 엉덩방아를 찧고 말았다.

　"후후, 하루도 참, 덜렁거리긴."

평소 같았으면 어쩔 수 없다는 듯한 말투로 말하고는 곧바로 손을 내밀 상황이었다.

하지만 지금 쿠로하의 목소리에는 요염함이 담겨 있었다. 손을 내밀려고도 하지 않고 스스로 무릎을 꿇고 얼굴을 가까이했다.

"쿠, 쿠, 쿠로야, 저기 말이야…… 뭔가, 너무 가까이 온 거 아니야……?"

"그런가……? 그럴지도……."

나는 엉덩이를 붙인 채 뒤로 질질 물러났다. 그러자 쿠로하가 무릎 자세로 쫓아왔다.

그래서 좀 더 뒤로 물러나려고 다리에 힘을 주었다. 그러나 벽에 닿고 말아서 그 이상 물러날 수 없게 되었다.

그런 나에게 쿠로하가 서서히 접근했다.

"저기요, 쿠로하 씨……? 눈이 풀려있는데요……?"

"그래서?"

아, 큰일 났다. 완전히 스위치가 켜졌다.

"아니, 그래서가 아니라요……."

"저언부 이 누나에게 맡기면 돼……. 무서워할 건 없어……."

"돌이킬 수 없을 것 같아서 무서운데요……."

"아직 나중 일을 생각할 수 있구나……? 용서 못 하겠는걸…….

핑크빛 분위기에 취해서 녹아내린 이성이 서로 섞이려 하고 있었다.

"하루야——."

쿠로하의 입술이 다가왔다.

그것도 괜찮을지도 모른다는 생각이 들었다. 그곳에는 분명 괴로운 일을 잊을 수 있는 마음 편한 세상이 기다리고 있을 것이다.

하지만——.

'——고마워. 네가 그렇게 말해줘서 정말로 기뻐. 지금까지 노력해 와서…… 정말 다행이야.'

그 가슴의 고동이 내 이성을 일깨웠다.

"아, 안 돼——!"

나는 도망치듯이 일어섰다.

하지만 그곳에 있던 화이트보드에 머리를 강타당한 나는 괴로워하면서도 쿠로하에게서 거리를 벌리기 위해 휘청거리는 걸음으로 오른쪽으로 도망쳤다.

"쿠, 쿠로야, 확실히 뭔가 좋은 분위기였고 나도 상당히 흔들렸지만 이런 애매한 상태로 그런 걸 해 버리면 안 된다고 생각해!"

"흐음~ 흔들렸구나…… 그것도 상당히……."

요염한 시선에 머릿속이 혼란해졌다. 조금이나마 정상으로 돌아왔던 분위기가 금세 핑크빛으로 자욱해졌다.

"정말 하루는 숨길 줄 모른다니까……. 그런 부분 꽤 좋아해."

"그러니까! 그러지 말라고! 너처럼 귀여운 애가 좋아한다고 하면 역시 나도 남자라서 위험하다니까!"

"어째서 위험한데? 뭐가 위험한데? 알려줘, 하루야……."

"아무튼 그렇게 알라고오오오오오오!"

나 참, 쿠로하 녀석, 스위치가 너무 켜졌잖아!

이럴 때는──.

"줄행랑이지!"

나는 부리나케 도망치며 재빨리 가방을 들고는 문손잡이를 잡았다.

"앗, 하루야!"

"잠깐 아베 선배의 정보 좀 모으고 올게! 다 끝나면 문단속하고 돌아갈 테니까 너는 동아리 활동하러 돌아가! 오늘은 고마웠어! 그럼 내일 봐!"

일방적으로 말하고는 문밖으로 나갔다.

문을 닫기 직전에 안에 남아 있던 쿠로하가 중얼거렸다.

"──겁쟁이."

*

다른 사람을 모함하려고 획책해 보니 상상 이상으로 힘든 일이라는 것을 깨달았다.

예를 들어 지금 나는 아베의 약점을 찾고 있으니 아베를 멀리서 관찰하거나 친한 사람에게서 이야기를 듣거나 할 필요가 있었다.

하지만 그런 행동을 하면 주위 사람들이 어떻게 생각할까? 이상한 녀석이라고 생각할 테고 당연히 아베에게 일러바치는 녀석도 나올 것이다.

그러므로 우선해서 구실을 만드는 것부터 시작했다.

"잠시 질문 좀 드려도 될까요?"

나는 아베의 반인 3-A에 남아 있던 남학생에게 말을 걸었다.

"뭔데?"

"제가 지금 신문부를 돕고 있는데 아베 선배님에 관한 정보를 모으고 있어서요……."

"흐음?"

쿠로하와 헤어진 나는 우선 신문부로 향했다. 부장과는 같은 중학교 출신이어서 면식이 있었다.

최근 드라마에 출연한 아베 선배의 정보가 있으면 좋겠지? 하고 물었더니 두말없이 물론, 하고 대답을 해왔다.

그렇게 나는 '신문부의 도우미'라는 직함으로 정보를 캐내고 있었다. 이렇게 해두면 질문을 해도 부자연스럽지 않았기 때문이다.

"이야기 감사합니다. 아, 제가 묻고 돌아다닌다는 건 될 수 있으면 비밀로 해 주세요. 아베 선배님에게 경계 받고 싶지도 않고, 재미있는 이야기가 있으면 특종으로 깜짝 발표하는 편이 임팩트가 있으니까요."

"그래? 알았어."

그리고 마지막으로 그렇게 말해두니 상대도 납득하고 순순히 동의해줬다.

정말로 입을 다물어 줄지 어떨지는 알 수 없지만 이 이상 입막음을 하면 도리어 수상하게 생각한다. 아베에게 말하더라도 딱히 내 이름을 댄 것도 아니니까 어떻게든 될 것이다. 그렇게 판단했다.

그런 식으로 세 명 정도의 남녀에게 이야기를 들어 보았다.

평판을 한마디로 요약하자면──── 무진장 좋은 녀석이었다.

'그 녀석, 배우의 아들인데 자랑하지도 않고 잘난 척하는 구석도 없어. 다들 아버지가 누군지 알게 되면 만나게 해 달라고 하잖아? 그러면 그 녀석이 뭐라고 하는지 알아? 우선은 라면이라도 먹으러 가자고 해. 웬 라면? 하고 생각하잖아. 그럼 그 녀석이 이렇게 말해. 너는 부모님에게 누군가를 소개할 때 어떻게 말하냐고. 친구라고 하지 않냐고. 그럼 친구라 할 수 있을 정도로 너에 대해서 모르면 이상한 일 아니냐고. 보통 처음 보는 녀석을 부모님에게 소개하지는 않잖아? 하고 화를 내는 것도, 비꼬는 것도 아니라 솔직하게 말한다고. 그런 말을 들으면 맞는 말이라는 생각이 들지 않아? 그러니 나도 이 녀석 제대로 된 놈이네, 괜찮은 놈이네, 하고 생각하게 되는 거지. 비밀? 들어 본 적도 없는데. 그 녀석 꾸밈없는 성격이니까. 아무튼 좋은 녀석이야.'

'밴드부에는 가끔 얼굴을 내미는 정도지만 만날 때마다 1학년인 저에게도 말을 걸어주셔서…… 솔직히 자랑하고 다녀요. 아베 선배님의 노래요? 물론 프로에 미치지는 못한다고 생각하지만 평범하게 잘 부르세요. 멤버와 다툰 적은 없냐고요? 연애문제로? 아…… 어떤 애가 아베 선배님에게 고백했는데 그 애가 드럼 치는 선배님이 좋아하시던 애였거든요. 분위기가 안 좋아진 적이 있었다고 해요. 하지만 그때도 아베 선배님은 분명하게 거절하신 모양이고 아베 선배님이 나쁜 게 아니라는 건 다들 알고 있었으니 금방 원래대로 돌아간 모양이에요.'

'실은 작년에 아베 군에게 고백했는데…… 잘 안 됐어. 그런데 그 무렵의 나는 착각이 심해서 주변이 보이지 않게 될 정도로 절망한 나머지 거짓말로 악담을 퍼트렸어. 아베 군은 괜찮은 애를 보면 금세 꼬신 뒤에 버리는 쓰레기라고. 하지만 아무도 믿어주지 않았어…… 그야 그렇지, 말도 안 되는 거짓말인걸. 그리고 거짓말을 한 탓에 친구들이 거리를 둬서 혼자 고립되어 있었을 때 아베 군이…… 사과해 줬어. 아베 군은 잘못한 게 없고 오히려 내가 나쁜 애인데 상처를 줘서 미안하다고 진심으로 말해줬어. 그 말에 나도 정신을 차려서 아베 군에게 정말 미안해졌거든. 거짓말했다고 다른 애들에게 사과할 때도 아베 군이 두둔해 줬고……. 그래서 아베 군에게는 정말로 감사하고 있어.'

나는 문을 잠그기 위해 돌아온 제3 회의실에서 메모에 적어둔 내용을 다시 읽어 보고 있었다.

"이 완벽 초인은 뭐냐……."

보통은 누구라도 악평 한두 개 정도는 나올 법한데 놀라울 정도로 평판이 좋았다.

솔직히 주눅이 들었다. 이런 인간이 어디 있냐고 질겁할 수준이었다.

"이래선 시로쿠사가 끌리는 것도 어쩔 수 없지──."

그렇게 말하다가 제정신을 차렸다.

"어쩔 수 없긴 뭐가 어쩔 수 없어! 그거랑 이거랑은 별개야!"

나는 질투로 불타는 질투 가면! 연적의 좋은 부분은 오히려 질투의 연료가 되지! 반드시 나쁜 부분을 폭로해 주겠다는 생각에 기합이 들어간다고!

"──뭐가 별개라는 거야?"

제3 회의실은 체육관 구석에 있어서 절대로 우연히 올 수는 없었다. 이곳에 올 의도가 없다면 이런 후미진 곳에는 아무도 오지 않는다.

그런 제3 회의실에 노크도 없이 들어온 교복 차림의 남자.

왕자님 스타일이라고 할 수 있는 단정한 용모와 부드러운 태도의 남자를 나는 이야기해본 적도 없으면서 잘 알고 있었다.

"아베 선배님……."

내가 약점을 찾고 있는 연적──아베 미츠루. 그 남자가 어째서인지 제3 회의실로 찾아왔다.

보통 일이 아니었다. 하지만 진의를 알 수 없었기에 나는 섣부르게 움직이지 못하고 있었다.

"뭔가 나에 대해서 캐묻고 다니는 모양이던데—— 마루 스에하루 군."

어딘가 여유가 담겨 있는 말투였다. 내 적의를 느꼈을 텐데 상대할 것까지도 없다는 걸까. 그 여유로운 태도가 거슬렸다.

"그렇군요, 벌써 이야기를 듣고 오신 건가요. 귀가 밝으시네요."

"응, 뭐, 어쩌다 보니까. 거기에 캐묻고 다니던 게 네가 아니었다면 이 자리에는 오지 않았을 거야."

"……흐음, 유명하신 선배님이 저 같은 애를 알고 계셨나요?"

"알고 있었다고 할까…… 정확하게는 떠올랐다고 해야 하나?"

두근, 하고 심장이 뛰었다. 고동이 심해졌다.

목이 말랐다. 도망치고 싶어졌다. 그러나 출입구가 막혀 있었다.

"무슨 말인지 모르겠네요. ……그럼, 저도 바쁘다 보니."

그렇게 말하며 아베를 밀어내고 문손잡이를 잡았을 때였다.

"'천재 아역' 마루 스에하루—— 네가 이 학교에 있었다는 걸 최근까진 모르고 있었어."

"……!"

손이 떨렸다. 바로 집에 돌아가서 이불 속으로 기어들어 가고 싶었다.

"그, 그게 누군지…… 동명이인 아닌가요……. 그럼 저는 이만——."

"거짓말은 좋지 않지. 어릴 때 모습이 남아 있어. 틀림없이 너야. 조금 정도는 이야기를 나눠도 되지 않아?"

문이 전부 열리기 전에 억지로 다시 닫혔다. 나는 뭔가 힘이 빠져서 도망치고 싶어도 그럴 기력이 생기지 않았다.

"네가 나온 드라마를 봤었어. 그 시청률이 30퍼센트를 넘은 드라마. 사회현상이 된 적도 있었지. 얼마 전에 다시 봤는데 네 연기에 눈시울이 뜨거워졌어. 그런데 웃긴 연기도 잘했으니 대단했지. 대하 드라마 주인공의 아역으로 적격이었어. 영화에서도 말이야──."

"저, 저기, 선배님. 그쯤에서──."

"응? 그래? 아, 맞다. 그러고 보니 너, 대하 드라마에서 우리 아버지와 같이 출연했었잖아. 그때 아버지가 집에서 너를 엄청나게 칭찬하셨거든. 나는 같은 세대에 너 같은 연기자가 있다는 사실에 놀라서 자극을 받았어. 그 뒤로 나도 연기자를 목표로 노력하고 있지."

"아, 그러세요…… 그럼 저는 실례를…….."

자리를 뜨려고 한 내 손목을 아베가 움켜잡았다.

"──한 가지만 가르쳐주겠어?"

"아니, 그게, 정말로 일이 있어서…….."

"너는 6년 전에 돌연히 연기자의 세계에서 사라졌는데 왜 그런 거야? 아버지는 뭔가 알고 계신 모양이던데 전혀 말해 주시질 않으셨거든. 그 이유를 알고 싶어."

뇌리에 그때의 기억이 되살아났다.

컷 하는 목소리. 만족스러워하는 출연자들의 웃는 얼굴. 엄마에게 대단해, 하고 말을 건다. 엄마는 반응하지 않았다. 흔들어도 움직이지 않는다. 엄마의 온기가 손에 전해져 왔다. 그래도 움직이지 않았다. 술렁임이 비명으로 변한다. 그래서 나는——.

"난 아무것도 몰라!"

나는 이를 악문 채 소리치고 있었다.

아베는 아무 말도 하지 않았다. 꺼림칙할 정도로 냉정하게 나를 보고 있었다.

그리고 나직하게 중얼거렸다.

"요컨대 너는 도망친 거구나."

그 말을 듣고 화가 한순간에 머리 꼭대기까지 올랐다.

감정의 브레이크가 풀렸다. 조금 전까지는 힘이 전혀 들어가지 않는데 지금은 분노로 폭주하여 아베의 멱살을 잡고 있었다.

"아무것도 모르면서! 마음대로 지껄이지 말라고!"

"사실이잖아. 그러니 말해도 딱히 상관없지 않아?"

"왜 당신한테 그런 소리를 들어야 하냐고!"

"그야 너를 증오하니까."

처음으로 아베라는 남자의 감정을 본 듯한 기분이 들었다.

누구에게 물어봐도 완벽 초인. 이렇게 처음 이야기를 해봐도 빈정거리는 듯한 태도는 없었다.

하지만 지금에 이르러서 나온 증오라는 말. 그게 이 남자의 본성이었다.

"너는 내가 나온 드라마를 본 적 있어?"

"……일단은."

"감상이 어땠어?"

"…………."

얼굴은 괜찮지만 연기가 심하단 말이지—— 하고 본인의 면전에서 말하기는 힘들었다.

"뭐, 말 안 해도 알아. 심했다고 하고 싶은 거지? 나도 알고 있어, 재능이 없다는 건."

"……그런가요."

"그런가요, 라니 너 정말로 너무하는구나. 역시 재능이 없다고 생각한 거지? 응, 뭐, 그렇기는 하지만."

아베는 크게 숨을 내쉬며 어깨에서 힘을 뺐다.

"나는 네 활약을 보고 아역이 되었어. 하지만 재능이 없어서 부모의 이름이 있어도 쉽게 불러주지는 않았지. 그러는 사이에 나도 재능이 없다는 것을 깨달아서 다른 방향을 모색해보려고 했어. 하지만 말이지, 역시 연기자가 하고 싶었어. 그래서 이 나이가 되어 돌아온 건데 역시 재능이 없다는 것을 통감하는 나날이었지. ——그리고 그럴 때 네가 이 학교에 있다는 사실을 알았어. 그런 내 마음을 천재 아역이라는 말까지 듣던 너라면 알수 있을까?"

"……뭐, 그야 열 받겠죠."

"뭔가 아무래도 좋다는 듯한 말인걸."

"선배님 정도는 아니더라도 제가 아역이었다는 사실을 안 녀석들은 비슷비슷한 반응을 보이거든요."

괜한 기대를 하거나, 괜히 시비를 걸거나, 괜한 칭찬을 하거나, 괜히 헐뜯거나.

이젠 지긋지긋했다. 바보 같은 짓을 해서 바보 취급을 당하는 거라면 상관없었지만, 과거 일로 이러쿵저러쿵 소리를 듣는 것만큼은 참을 수 없었다.

"네가 이 학교에 있다는 사실을 알려준 건 시로쿠사였어."

"……?!"

시로쿠사가 내 과거를 알고 있었다고……? 하지만 나와 이야기를 나눌 때도 그 화제는 한 번도 나오지 않았다. 그런데 아베에게는 이야기했다고……? 뭐가 어떻게 된 거지……?

"시로쿠사와는 옛날부터 가족 같았거든. 그 애의 아버지는 꽤 커다란 회사의 사장님이신데 우리 아버지와는 학창시절부터 친구 사이시지. 뭐, 그렇기는 해도 서로 바빠졌던 중학교 시절에는 그다지 교류가 없었지만 같은 학교에 다니게 된 뒤로 다시 교류하게 되었어. 그런데 너는 못 들었나 보네?"

"……예."

아베가 쿡, 하고 웃었다.

분명하게 알 수 있었다. 지금 나를 바보 취급했다는 것을.

"지금 나한테 싸움 걸고 있는 거야?"

"처음부터 그러고 있었는데 지금까지 전해지지 않았구나. 역시 나는 발연기인가 보네."

"그럼 설마 카치와 사귀는 것도——."

아베가 오늘 중에서 가장 사악한 웃음을 지었다.

"마침내 깨달았구나. 응, 맞아. 내가 시로쿠사와 사귀기로 한 건 단순히 너에게 굴욕을 주고 싶었다는 게 커. 네가 같은 학교에 있다는 사실을 알고 나서 바로 현재의 너를 조사해 봤지. 그랬더니 아무래도 시로쿠사에게 반한 모양이더라고. 그래서 이건 써먹을 수 있겠다고 생각해서 시로쿠사를 내 여자로 만든 거지. 이렇게 말하면 좀 그렇지만 아무튼 나는 너를 이기고 싶었어. 뭔가 눈에 보이는 형태로 분명하게."

"이 자식이⋯⋯!"

나는 아베의 멱살을 잡은 채 오른팔을 치켜들었다.

"이런, 난폭한 짓은 그만두지? 퇴학당하고 싶다면 딱히 막지는 않겠지만 그럼 내 승리는 더더욱 확고해지려나? 그렇게 생각하면 나쁘지 않을지도 모르겠네."

이 자식은 뭐지⋯⋯?!

이 자식은 대체 뭐 하자는 놈이냐고⋯⋯!

어디가 완벽 초인이냐! 어디가 왕자님 같은 산뜻한 미남이냐고! 질투심에 눈이 돌아간 바보 자식이잖아! 게다가 현재의 나는 아무 짓도 안 했는데 몇 년이나 지난 일을 끄집어내기나 하고!

시로쿠사는 이딴 녀석과 사귀고 있는 건가? 어째서 이딴 녀석과 사귀기로 한 거지?

젠장! 젠장젠장! 시로쿠사도 바보잖아! 잘생겼다고 이딴 녀석에게 속아 넘어가기나 하고!

"너는 내 약점을 찾고 있는 모양이던데…… 뭐, 찾아내는 건 무리라고 생각해. 카메라 앞에서는 엉망이지만 주변 사람들에게 나쁜 인상을 주지 않는 건 잘하거든."

"그거 대단하시네요. 나와는 정반대야. 무슨 비결이라도?"

"없어. 굳이 말하자면 성실하게 행동하는 것이랄까."

"다행이네요. 그쪽을 조사하면서 이런 좋은 사람을 싫어하는 내 속이 좁은 것 같다고 생각할 뻔했는데 신경 쓸 필요 없었어요."

"그래? 그거 다행이네. ──아주 불쾌해."

아베가 내 손을 더러운 것이라도 치우는 것처럼 뿌리쳤다. 그리고 자유로워진 목 주변을 쓰다듬으며 목 상태를 확인했다.

"아, 그렇지. 한 가지 알려줄게. 시로쿠사는 나와 사귀게 되었지만 아직 조금 망설임이 있는 것 같아."

"망설임……?"

"과거에 말이지, 추억이 있는 모양이야."

"추억……?"

"지금 나와 시로쿠사의 관계는 공개적으로 말하지는 않고 있어. 뭐, 시로쿠사가 말해 버려서 소문이 퍼지고는 있지만 사무소의 의향도 있어서 나는 말을 흐리고 있지. 거기서 나는 '고백제'에서 다시 고백하기로 했어. 이렇게 많은 사람 앞에서 공개적으로 말하면 사무소도 수습하지 못하고 과거의 추억 같은 건 '고백제'에서 고백하면 사라질 테니까. 알겠어? 그게 네 첫사랑의 타임리미트라는 거야."

"큭──."

나는 심호흡을 하며 냉정함을 되찾으려고 노력했다.

"선배는 가면을 벗어던지니 엄청나게 기분 나쁘네요. 그래도 뭐라고 할까, 완벽 초인인 선배보다는 훨씬 매력적이라고 생각해요. 나와 상관없는 이야기였다면 싫어하지는 않았을 것 같은데요."

"나는 너와 이야기를 나누고 나서 네가 더욱 싫어졌어. 그럼 나는 만족했으니까 실례하지. 가치 있는 대화였다고 해두겠어."

자기가 하고 싶은 말만 멋대로 말한 아베가 마지막으로 수상쩍은 웃음을 남긴 채 회의실 밖으로 나갔다.

"저 자식이──."

나는 벽을 있는 힘껏 후려쳤다. 통증이 주먹을 통해 뇌까지 내달렸다.

약자에게는 약자만의 싸움법이 있다. 요컨대 수단과 방법을 가리지 않는다는 것이다.

그리고 그 싸움법에는 두 가지 방법이 있었다.

하나는 약점을 공격하는 방법이다. 하지만 아베의 약점은 적어도 간단히 찾을 수 있는 것이 아니었다. 그렇다면 다른 한 가지 싸움법을 고를 수밖에 없었다.

요컨대 '이길 수 있는 장르로 승부를 겨룬다'는 방법을 취할 수밖에 없다는 말이다.

그리고 그 장르는── 이미 알고 있었다.

*

"테츠히코, 나도 축제에서…… 연기로 나갈게."

다음 날 아침, 교실에 들어가자마자 그렇게 말하자 테츠히코가 눈을 몇 번 깜빡인 뒤에 씨익 웃었다.

"실은 그 말을 기다리고 있었어."

"그러셨겠지."

내가 상정한 건—— 이런 내용이었다.

연기자로 부활한 내가 주목을 모아서 아베보다 많은 인기를 얻는다.

그러면 이렇게 된다. 아베는 나에게 굴욕을 주기 위해 시로쿠사와 사귈 정도였다. 연기자로서 나에게 지면 굴욕을 느끼겠지. 게다가 나는 시로쿠사는 아무래도 좋다는 것처럼 굴 생각이었다.

그러면 어떻게 될까. 나에게 우위를 빼앗기고 시로쿠사가 무기가 되지 않는다는 것을 알게 되면 고백제에 나가서 시로쿠사의 마음을 낚아챌 의미도 없어진다. 그러면 비겁한 작전을 세워서 나를 깎아내리려고 들겠지.

그리고 그게 바로 노림수였다. 비겁한 작전을 폭로해서 평판을 밑바닥까지 떨어트려 주겠다!

이렇게 되면 시로쿠사도 진실을 깨닫고 나에게 매달리게 될지도 모르지…… 후후, 하지만 이미 늦었다. 그때는 난 이미 인기인이고 시로쿠사는 아베에게 놀아난 피에로인 것이다!

칼같이 시로쿠사를 찬 뒤에 인기인이 된 나는 수많은 매력적인 여자애 중에서 최고의 한 사람을 고르면 되는 것이다. 좋아, 이것이야말로 최고의 복수다!

후후후후후…… 하고 마음속으로 흡족하게 웃고 있으니 테츠히코가 내 어깨에 팔꿈치를 올렸다.

"어쩐 일이야, 스에하루~. 무슨 바람이 분 거야?"

"뭐…… 그런 게 있어."

"네가 바보 같은 망상을 하고 있다는 건 알겠지만 나한테도 이득이니 그냥 넘어가 줄게."

"바보 같은 망상이라니?! 완벽한 작전이거든?!"

"하지만 너 바보잖아…… 뭐, 친구로서 결론 정도라면 들어 줄 수도 있는데?"

"나를 얼마나 우습게 보는 거야?! ……칫, 뭐, 아무튼 나는 아베 선배를 이기고 싶어. 그러니까 나가기로 한 거야. 이상."

테츠히코가 잠시 멈칫하더니 히죽 웃었다.

"……그렇구만. 대충 알겠어. 확실히 아베 선배를 이기려면 그거밖에 없으니까."

"눈치가 너무 빠른 거 아니냐."

"네가 둔감할 뿐이야."

"그렇게 둔감한가?"

"죽일 정도로."

"죽을 정도까지가 아니냐고!"

"아니, 죽이고 싶을 정도로의 줄인 말이니까 틀리지 않았어."

"너무하는구만! 너 정말 친구 맞냐?!"

한숨을 내쉬며 나는 테츠히코에게 손바닥을 내밀었다.

강아지에게 손 내미는 포즈 같지만 조금 달랐다. 내놓으라는 포즈였다.

"뭔데, 스에하루. 나한테 뭐 주려고?"

"반대거든. 우리가 할 연극의 대본. 배우가 한 사람에서 두 사람이 되었을 뿐, 음향도, 조명도, 대도구도, 소도구도 없어. 하지만 연극 할 대본의 후보는 있을 거 아냐."

테츠히코가 어깨를 으쓱였다.

"뭐, 있기는 한데……."

"한데, 뭐?"

"아베 선배를 이기겠다면 도서관에 있는 연극 대본집에서 뽑는 정도로는 절대로 무리라고. 그 정도는 너라면 알잖아."

"윽──."

알고 있었다. 한 번의 연극으로 현재 프로로 활약하고 있는 아베보다 주목을 받는 건 불가능에 가까웠다. 아니, 솔직히 말해서 무리였다.

당연히 전력을 다하겠지만 연기자의 기량만으로는 한계가 있었다. 우선은 화제 만들기가 필요했다. 그리고 일단 이야기 자체가 재미있어야 하고 보러 온 사람이 만족할 내용이어야만 한다. 그렇다면 도서관에 있는 대본으로는 힘들었다.

딱히 고전 연극이 나쁘다는 건 아니다, 정석적인 소재인 만큼 오히려 다듬어져 있다고 해도 되겠지.

다만 호응이 좋지는 않았다. 이건 치명적이다. 화려함과 화제성이 없었다. 연극부의 공연이라면 괜찮지만 남자 둘이 모여서 평범한 연극을 해도 관심을 끌지는 못할 것이다. 거기에 조명과 음향도 없다는 난점까지 있었다.

"이렇게 되면 오히려 콩트를 하는 편이 목적 달성에는 가까울 것 같기도 한데."

내용이 재미있으면 호응도 좋을 테고 무엇보다 알기 쉬웠다. 그렇게 되면 아베 선배보다 주목을 받는 것도 꿈은 아닐 것이다.

"아, 확실히 그렇네. 하지만 말이야, 스에하루. 너, 콩트 할 줄 알아? 각본은 누가 쓸 건데? 애초에 너 콩트가 하고 싶냐?"

"아니──."

"나도 코미디언을 하고 싶은 게 아니니까 말이지."

테츠히코는 축제 무대에서 '폼 잡고 싶다'를 테마로 준비하고 있었다. 그래서 시리어스하고 수수한 고전 연극도 괜찮았고, 오히려 이런 건실한 면도 있다고 어필하는 메리트가 있었다. 그러나 콩트는 목표로 하는 방향과는 달랐다.

나는 한숨을 내쉬었다.

"각본이라. 지금 우리의 상황에 맞춘 각본이지?"

거기에 아베를 한 방 먹일 수 있고, 화제성도 있고, 호응도 좋은 그런 멋진 각본.

"그런 걸 쓸 수 있는 녀석이──."

그때 시로쿠사가 교실에 들어왔다. 내가 무심결에 눈으로 좇고 있으니 테츠히코도 깨달았다는 눈으로 좇았다.

그리고 나와 테츠히코는 같은 생각에 이르렀다.

"있었네."

"그래, 있었어."

미인 여고생 아쿠타미상 작가, 카치 시로쿠사——이 학교뿐만이 아니라 전국에서도 이 애 이상으로 글을 쓸 줄 아는 사람은 적을 것이다.

화제성도 충분했다. 가까이에 이 정도의 적임자가 있다는 건 완전히 맹점이었다.

"야, 스에하루. 네가 가서 말해봐."

테츠히코가 팔꿈치로 찔렀다.

"왜 난데, 네가 갔다 와."

상심 중인 처지로서는 그 원인이 된 여자애에게 말을 거는 건 상처에 소금을 뿌리는 것이나 마찬가지였다. 아무리 복수심으로 얼버무리고 있다고는 해도 괴로웠다.

테츠히코가 이 바보를 어쩌냐는 것처럼 한숨을 내쉬었다.

"너 아직도 내가 얼마나 미움받고 있는지 모르는 거지? 바보 같은 너에게도 알 수 있도록 보여줄 테니까 똑똑히 보라고."

너한테 만큼은 바보 소리를 듣고 싶지 않다고 생각하면서도 어쩔 수 없으니 상황을 지켜보기로 했다.

테츠히코가 말을 건 사람은 우연히 칠판 앞에 있던 테니스부의 우가 레이나였다.

"레이나~ 잠깐 이야기 좀 할래?"

"죽어! 저질아!"

대단한데. 1초 만에 죽으라는 소리를 들었어.

그러나 이래도 풀이 죽지 않는 게 테츠히코였다. 이번에는 대상을 쿠로하로 바꿨다.

"시다, 다음에 놀러 갈래?"

"테츠히코 군도 차암. 진심도 아니면서…… 그런 건 여자에게 실례야."

역시 쿠로하, 부드러운 대응이었다. 이 학교에서 테츠히코를 상냥하게 대하는 몇 없는 여자이겠지.

마지막으로 말을 건 사람은 시로쿠사였다.

"카치~ 가슴 만져도 돼?"

"──절멸당하고 싶어?"

테츠히코가 의기양양하게 어쩌냐는 듯이 돌아보았다.

"그치?"

나는 바로 태클을 걸었다.

"그치는 무슨! 어디서부터 태클을 걸어야 할지 모르겠는데 일단 아무렇지도 않게 같은 반 여자애에게 가슴 만져도 되냐고 물어보는 네 멘탈은 대단하다! 그리고 카치의 태클도 소름 돋는데?! 무슨 절멸?! 인류가 멸망하는 거야?!"

"아니, 우리 집안이 단절된다거나 그런 거 아냐?"

"충분히 소름 돋거든?! 그런 소리를 듣고 왜 그렇게 태연한 거야?!"

"나 말고 다른 사람이 어떻게 되든 딱히 알 바 아니니까. 집안도 아무래도 좋고."

"너 정말 본격적인 쓰레기구나."

"그런고로 스에하루. 나는 무리니까 네가 가서 말해 봐. 둘만 있을 때는 사이 좋다며. 거짓말한 게 아니라면 갔다 오라고."

뭐, 이렇게 미움받고 있으니 내가 갈 수밖에 없겠지.

"그래도 말이야——."

시로쿠사의 얼굴을 똑바로 볼 수 없을 것 같았다.

차인 남자란 비참한 법이다. 아무리 원망하고 있어도 직접 이야기를 나누면 분명 긴장할 테고 가슴도 뛸 것이다. 그게 또 굴욕적이어서 분했다.

그래서 솔직히 시로쿠사와는 이야기를 나누고 싶지 않았다. 시야에도 담고 싶지 않았다.

하지만 한 가지 신경 쓰이는 점이 있었다. 어제 아베의 시로쿠사에게서 내 이야기를 들었다는 말이었다.

시로쿠사는 아역 시절의 나를 알고 있었다. 그런데 이때까지 화제로 나오지는 않았다. 그 부분을 물어보고 싶어졌다.

"아까부터 무슨 이야기를 하는 거야? 테츠히코 군 때문에 여자애들의 신경이 곤두섰는데."

근처에서 친구와 이야기를 나누고 있던 쿠로하가 대화를 끝내고 다가왔다.

"그게 말이야——."

내가 연기자로서 테츠히코와 축제에 나간다는 것과, 좋은 각본이 없어서 시로쿠사에게 써달라고 하고 싶지만 부탁하기가 거북하다는 설명을 했다.

"그런 이야기였구나."

"테츠히코, 나보다도 쿠로에게 부탁하는 편이 잘 풀리지 않을까?"

"뭐, 교섭력을 생각하면 확실히 그런가."

"그러니까 쿠로야, 네가 부탁 좀 해줄 수 있어?"

"──싫어."

생각하는 시간 0초. 즉각적인 대답이었다.

"부탁할게──."

"──싫어. 절대로 싫어."

"쿠로야~."

쿠로하가 싸늘한 표정으로 완고하게 외면했다.

솔직히 말해서 이런 반응은 드문 일이었다. 쿠로하는 언제나 웃는 얼굴이고 누구와도 사이좋게 지내는 타입이었다. 여자들에게는 쓰레기 정도의 가치밖에 없다고 평가되는 테츠히코와도 제대로 대화를 나눴다.

그런데 이렇게까지 거부 반응을 보이다니…… 그러고 보니 저번에 카치가 싫다고 했던가. 농담처럼 말해서 진지하게 받아들이지 않았는데 이 정도였을 줄이야…….

"그보다 하루야!"

쿠로하가 얼굴을 가까이했다.

"메시지 보냈잖아. 오늘 집까지 데리러 갈 테니 기다리라고."

"어?"

핸드폰을 확인해 보니 확실히 메시지가 와있었다.

"아~ 미안, 모르고 있었어."

"읽음으로 표시가 안 되길래 그럴 것 같기는 했는데……."

"미안, 잘못 했어!"

"오늘은 사귀고 나서 첫 등교니까 함께 가고 싶었는데."

그 순간, 당혹의 파도가 퍼져나가며 주위의 시간을 한순간 정지시켰다.

"…………어?"

"…………뭐?"

술렁, 술렁…… 하고 술렁임이 교실 안을 침식해나갔다.

"잠깐, 그렇게 큰 소리로……!"

물론 쿠로하와 사귄다는 건 주위에 퍼트려야 했다. 그렇지 않으면 시로쿠사에게 대미지를 주지 못하니까.

그래도 좀 더 신중하고 한정적으로 하리라고 생각했다. 예컨 대 시로쿠사의 귀에만 들어가도록 한다거나. 방법은 안 떠오르지만.

미리 의논하지 않았던 나도 잘못했지만 느닷없이 이런 식으로 폭탄을 터트리면…… 이건 피바람이 부는 패턴이라고!

"마~ 루~ 군~!"

"우리랑 놀자~!"

거봐, 질투에 미친 같은 반 남자애 원투가 다가오잖아.

응, 그러니까 금속배트는 무서우니까 그만둬. 애초에 그런 걸 어디에 숨겨두고 있었던 거야? 장난으로 넘어갈 게 아니라고.

"그만해!"

쿠로하가 곧바로 나와 남자애들 사이에 끼어들며 내 팔을 가슴에 안았다.

부드러운 가슴의 감촉이 팔꿈치에 전해져서 그만 입꼬리가 느슨해졌다. 브래지어 너머로도 느껴지는 이 볼륨…… 말로 표현하는 것도 주제넘게 느껴졌다. 최고다.

"하루에게 뭔가 할 거라면 내가 상대할 테니까."

"아, 아니, 시다 양! 그렇게 시다 양이 걱정할 일은……."

"맞아맞아! 시다 양이 정신 차리게 해 주려는 것뿐이고……."

"나 정신 멀쩡한데?"

나에게는 무시무시한 질투에 빠진 남자도 쿠로하 앞에서는 갓난아기나 마찬가지였다.

"그, 그렇구나~ 그거 다행이네~."

"하, 하지만 마루 따위를 상대하는 것보다……."

"마루, 따위? 하루를…… '따위'라고 한 거야?"

"아, 아니, 그게 아니라!"

"야, 그, 그만 가자!"

쿠로하의 표정을 보고 남자애 원투에 편승하려던 녀석들도 풀이 죽어서 물러났다.

"이런 애들이 또 있으면 언제라도 말해, 하루야. 이 누나가 지켜줄 테니까."

"쿠로~."

쿠로 누나가 너무 든든했다.

나도 참 좋은 소꿉친구를 뒀다니까. 이 든든함은 엄마 수준이다.

　그렇게 생각한 순간── 오한이 내달렸다.

　뭔가 싶어서 주위를 둘러보다가 시로쿠사와 눈이 마주쳤다.

　시로쿠사는 조금 전까진 아침의 독서 시간에 들어가 있었는데 지금은 어째서인지 나를 보고 있었다.

　"히익……."

　뭐라고 할까, '귀신'이라는 한 단어가 뇌리를 스치고 지나갔다. 박력이 무시무시한 게 엎드려서 용서를 빌고 싶어지는 듯한 시선이었다.

　자세히 보니 읽고 있던 책이 바닥에 떨어져 있었다. 그런데 나를 노려본 채 미동도 하지 않았다.

　유명 소설가답게 시로쿠사가 책을 소중히 다룬다는 것을 알고 있었다. 책에는 반드시 커버를 씌웠고 책갈피도 상당히 고급 책갈피를 사용했다. 그런데 주우려고도 하지 않다니…… 상당히 기이한 행동이라 할 수 있었다.

　이건 어떻게 받아들이면 되는 걸까. 쿠로하의 작전대로,

　'어라? 어장 관리하고 있었다고 생각했는데 혹시 내가 어장 관리당하고 있었던 건가……?'

　이런 생각이 들게 해서 정신적인 대미지를 줬다고 봐도 되는 걸까?

　그렇다면 작전 성공이라고 해야겠지. 차인 굴욕에 대한 앙갚음을 한 가지 해준 것이다.

'하지만…….'

한 방 먹였다는 느낌은 있었다. 꼴 좋다는 느낌도 있었다. 하지만 내 마음은 개운치 않은 기분으로 가득했다.

지금 내 마음속의 시로쿠사에 대한 감정 중에서 가장 강한 것은 '이 바보가!'였다.

그 겉으로는 멋있지만 나에 대한 질투로만 가득한 아베에게 속다니.

'이 바보 멍청아! 상대가 잘생겼다고 속지 말라고! 네 눈은 장식으로 달렸냐! 좀 더 안목을 기르라고! 그리고 내 마음을 깨닫지 못한 것을 후회해!'

그렇게 한 시간은 설교해 주고 싶었다.

다만 아베 수준의 미남 치트쟁이가 멋진 얼굴로 진심으로 꼬시면 거부하기 힘들다는 것도 이해는 되었다.

예를 들어 이웃집에 모델 누나가 있고 지금까지는 그럭저럭 사이가 좋았을 뿐인데 갑자기 들이대며 고백하는 등의 일이 일어난다면 나도 저항할 수 있을지 자신이 없었다.

그렇게 보면 어느 정도는 어쩔 수 없다고 생각하는 부분도 있어서 꼴 좋다고만 할 수도 없었다.

복잡한 기분으로 있으니 테츠히코가 내 어깨를 두드렸다.

"그러니까 스에하루. 네가 카치에게 각본을 부탁하고 와."

"너 좀 전에 내가 쓰레기를 보는 듯한 시선을 받고 있었던 거 보고도 모르는 거야?"

"바보야. 네가 너냐? 모를 리가 없잖아. 알면서도 너보고 가라는 거야. 그야 널 보내면 네가 심한 꼴을 당할지도 모르지만 무진장 재미있을 것 같잖아."

"너 진짜 대단하다. 진짜 저질이야."

"그래그래, 알았어. 나도 알고 있으니까 아무튼 갔다 와."

억지로 떠밀리며 시로쿠사의 자리까지 유도되었다.

뭐, 아베를 한 방 먹이기 위해서는 아베의 인기를 빼앗을 정도의 좋은 각본이 필요했다. 그렇다면 시로쿠사에게 부탁하는 게 최적의 방법이었다. 일단은 시도해볼 수밖에 없나…….

"저기, 카치――."

"――뭔가 용건이라도 있어?"

"힉――."

아, 이거 위험한데.

테츠히코가 말을 걸었을 때처럼 최악의 기분인 것 같았다. 아니, 아까보다 더 심해졌나.

그런 상황에 들이댄 자신의 어리석음이 원망스러웠다. 굶주린 늑대 무리에 스스로 뛰어든 것이나 마찬가지였다.

나는 울상이 되어 돌아보며 테츠히코에게 도와달라고 손으로 신호를 보냈다. 그러자 테츠히코가 진정하라는 것처럼 손짓으로 나를 달랬다.

나는 고개를 끄덕이며 심호흡을 했다. 그리고 다음 지시를 기다리고 있으니 테츠히코가 갑자기 눈을 크게 뜨며 염불을 외기 시작했다.

……응? 염불?

"——마루 군."

"응?"

"말을 걸어놓고 등을 돌리는 건 실례라고 생각하지 않아?"

아, 끝났다. 완전히 화났다.

게다가 시로쿠사의 말은 정론. 완전히 내가 나빴다.

"일단 여러 가지로 전부 포함해서 제가 잘못했습니다아아아!"

이럴 땐 망설여서는 안 된다. 조건 반사적으로 엎드려 비는 게 정답이었다.

주위에서 '저 바보가 또 엎드려 빌고 있네…….' 하고 중얼거렸지만 상관없었다. 지금은 조금이라도 시로쿠사의 기분을 풀어주는 게 중요했다.

시로쿠사에게서 말이 없었기에 나는 힐끔 올려다보았다. 니삭스에 덮인 날씬하지만 육감적인 허벅지, 그리고 짧은 치마 안쪽에 있는 것이 보일 뻔했지만 지금 그걸 봐버리면 돌이킬 수 없다는 생각에 자제하며 시선을 더 위로 올렸다.

시로쿠사는 어째서인지—— 부끄러워하고 있었다.

"어라……?"

어둠의 오라가 완전히 벗겨져 있었다. 난 *빛의 구슬 같은 거 쓴 적 없는데?

"전부라니 혹시……."

시로쿠사가 작게 그런 말을 중얼거렸다.

---

*빛의 구슬 : 게임 드래곤 퀘스트 3에서 보스를 약체화시키는 아이템.

나는 무슨 말인지 물어보려고 했지만.

"……흠흠, 아무것도 아니야."

다시 그렇게 스스로 껍질 속에 틀어박히고 말았다.

"아무튼 할 이야기가 있으면 말해 봐. 나도 한가한 건 아니니까."

……어라, 이상한데? 가시가 완전히 사라져 있었다. 뭐가 그렇게 먹혔던 거지?

"아, 응. 저기 말이야, 실은……."

의문점은 남았지만 기회를 놓칠 수는 없었다. 나는 아베 이야기는 제외하고 테츠히코와 둘이서 연극을 하게 되어서 재미있는 각본을 찾고 있다는 것과 호응이 좋았으면 해서 시로쿠사에게 협력을 부탁하고 싶다는 말을 전했다.

시로쿠사는 듣는 동안 눈썹 하나 까딱하지 않고 여전히 얼음 미녀 같은 모습으로 있었다. 그리고 내 이야기가 끝나자 내 눈을 빤히 바라보며 말했다.

"유명해진 뒤에 느닷없이 치켜세우며 뭔가 해달라는 부탁을 해오는 건 꽤 곤란하다고 생각하지 않아?"

말씀대로입니다.

내 경우에도 아역으로 유명해진 뒤에 전혀 모르는 녀석이 '뭔가 대사 좀 해봐' 하고 말을 걸거나, 'ㅇㅇ씨는 실제로 어때?' 하고 물어보기도 했었다. 친구가 그러면 또 몰라도 자신을 우습게 보던 녀석이 돌변해서 그런 말을 했을 때는 진심으로 화가 났던 기억이 있다.

"그야 그렇기는 하지……. 미안. 이상한 소리를 했네."

등을 돌리고 시무룩하게 돌아가려고 하니 시로쿠사가 내 등을 향해 말했다.

"하지만 나는 도전하려는 사람은 응원해 주고 싶고 협력해 줄 생각도 있어."

"어……?"

그 말은 설마 각본을 써 줄 생각이 있다는 건가? 진짜로?

"마루 군이 연기자를 하는 거지?"

확인하는 말에 가슴이 덜컥 뛰었다.

연기자를 한다고는 했다. 하지만 해낼 수 있을지 어떨지는…… 아직 자신이 없었다.

"일단은 그럴 생각이야."

"……일단은?"

"아니! 해, 할 거야! 반드시 할 거야!"

시로쿠사 같은 의젓한 미소녀가 '야, 똑바로 말 안 해? 응?' 같은 표정을 지으면 한다고 할 수밖에 없잖아!

시로쿠사는 나를 빤히 바라보고 있었다. 어느 정도 진심인지 확인하고 있는 듯한 시선이었다.

"……그렇다면 고려해 줄 수도 있어. 각본을 써 주는 것을."

"정말로!"

"보수에 따라 다르지만."

"윽———."

테츠히코가 이런 말을 한다면 두들겨 팼겠지만 시로쿠사는 프로 작가였다. 그런 말을 할 자격이 있었다.

"노, 노력해 볼 테니까 부탁 좀――."

어쩔 수 없다는 듯이 시로쿠사가 어깨에서 힘을 뺐다.

"연락처 교환하자. 어떠한 각본을 원하는지도 물어봐야 하니까."

"어? 괜찮아……?"

"내가 물어본 건데?"

자, 잠깐 있어 봐! 그 카치 시로쿠사라고?!

미인 여고생 아쿠타미상 작가! 섹시 화보에도 실릴 정도의 미모! 그런데 남자를 싫어해서 차인 남자가 수없이 많은 그 카치 시로쿠사!

그런 시로쿠사가 연락처를 물어본다고……? 그런 일이 있을 수 있나? 이거 현실인가?

실제로 조금 전에 쿠로하가 사귄다고 선언한 것과 같거나 그 이상의 술렁임이 교실 안을 가득 채웠다. 시로쿠사가 남자의 연락처를 물어본다는 건 그 정도로 있을 수 없는 일이었다.

힐끔 돌아보니 실컷 바보 취급하던 테츠히코마저도 눈을 동그랗게 뜨고 있었다.

'어때, 테츠히코. 봤냐? 정말로 사이좋잖아. 잘 알았겠지?'

그렇게 우월감에 빠져있으니 동향을 지켜보고 있는 쿠로하의 싸늘한 눈이 시야에 들어왔다.

'이런, 그렇지. 쿠로하와 사귀고 있다고 밝히기도 했으니 어디까지나 냉정하게 대응하자.'

나는 방심하면 헤실거릴 듯한 입매를 한껏 다잡으며 핸드폰을 내밀었다.

"그럼 생각한 설정과 줄거리를 바로 정리해서 보낼게."

"응, 참고할게."

아, 안 되겠다. 솔직히 너무 기쁘다…….

시로쿠사는 아베와 사귀고 있다. 그런데 친구로서 한 발짝 다가간 것만으로도 표정이 느슨해졌다.

큭, 이래서 반한 사람이 진 거라고 하는 건가── 한심하기 짝이 없었다.

서로 ID를 알려준 동시에 아침 예비종이 울려 퍼졌다.

"하루야, 자리로 돌아가."

어째서인지 쿠로하의 기분이 안 좋아 보였다. 말로만으로도 충분한데 귀까지 잡아당겼다.

"알았다니까! 아얏, 쿠로야, 귀는 놔 줘!"

"알았으면 빨리빨리 움직여~."

그때 나는 귀가 아픈 탓에 깨닫지 못했다.

쿠로하와 시로쿠사가 한순간 무시무시한 눈초리로 서로를 노려보았다는 사실을.

*

"크으~ 어째야 하나~."

당근과 감자를 먹기 좋도록 작게 자른다. 고기는 살짝 크게 사각형으로.

고기부터 넣고 익으면 일단 꺼낸다. 그리고 그대로 남은 기름에 채소를 볶는다. 그 뒤에 고기와 채소를 함께 물에 끓이는데 그때 콘소메와 커피를 넣는 게 우리 집 스타일이었다. 그리고 거품을 걷어내고 루를 넣으면 카레가 완성된다.

"아니, 이건 아니고……."

저녁 식사 시간. 평소처럼 카레를 만들고 있던 나는 몇 번이나 핸드폰과 냄비 앞을 왕복하고 있었다.

문장을 작성하고 다시 요리로 돌아갔다가 역시 다른 내용으로 하자는 생각에 고쳐 쓴다. 이걸 벌써 네 번이나 되풀이하고 있었다.

"용건은 정해져 있는데 말이지……."

나와 테츠히코가 할 이인극의 이미지와 구상을 전하고 보수는 어느 정도로 생각하는지 물을 뿐이다. 딱히 대단한 일도 아니었다.

하지만 상대가 카치 시로쿠사라면 다른 이야기였다.

첫사랑 상대. 아니, 첫사랑이었던 상대? 첫사랑 중인 상대……?

이젠 잘 모르겠다. 얼굴을 떠올리는 것만으로도 괴로워지고 화가 나며 원망스러운 상대일 텐데 계속 의식이 되었다. 솔직히 말하자면 들떠 있었다.

그도 그럴 것이 테츠히코에게 보내는 메시지와는 사정이 달랐다. 지금까지는 이따금 이야기를 나누는 게 고작이었던 동경하는 여자애와 연락처를 교환하고 용건마저 있다니…… 얼마 전이라면 꿈만 같은 시추에이션이었을 것이다.

나는 용건을 정리한 문장을 다시 읽어 보고 전부 지웠다.

용건은 정리되어 있었지만 지나치게 장문이었다. 이래서는 시로쿠사가 답장을 하고 그걸로 끝이다. 한 번의 왕복으로 대화가 끝나 버린다.

그래서.

나는 구태여 용건은 아무것도 적지 않고.

『지금 괜찮아? 각본 이야기를 하고 싶은데 시간 있어?』

하고만 적었다. 그리고 송신 버튼을 누르려다가——다시 쓸까 하고 5분 정도 고민한 뒤——결국 버튼을 눌렀다.

"흐아……."

나는 크게 숨을 토해냈다.

메시지 하나 보내는 것만으로도 이런 피로감. 여자친구 있는 녀석들 진짜 대단한데. 뭐, 테츠히코만큼은 쓰레기니까 별개지만.

그때 인터폰이 울렸다.

"하루야~ 들어갈게~."

언제나 있는 일이었기에 나는 '어~.' 라는 대답만 했다.

핫팬츠 차림의 쿠로가 거실로 들어오더니 코를 실룩거렸다.

"아~ 또 카레야?"

"싫어?"

"아니. 난 하루의 카레 좋아하거든. 뭔가 푸근해지는 맛이야."

"그래?"

"그치만 내가 오는 날은 언제나 카레잖아. 자꾸 그러니까 집에서는 카레 만들지 말라고 엄마한테 부탁하고 있단 말이야. 여동생들이 불만스러워하니까 다음에 와서 사과해."

쿠로하는 일주일에 한 번은 우리 집에 왔다.

우리 아버지는 원래 스턴트맨이었고 어머니는 인기 없는 여배우였다. 촬영 현장에서 만난 두 사람은 결혼하였고 내가 태어났다.

그러나 어머니는 촬영 현장에서 사고로 돌아가셨고 아버지는 직업을 조금 바꿨다. 하는 일은 스턴트맨과 마찬가지였지만 교통사고를 재현하는 스턴트맨이 되어 전국의 학교를 돌아다니고 있었다.

아버지의 일은 교통사고의 위험성을 인식시키는 데 대단한 효과가 있다고 큰 평판을 받아서 전국으로부터 러브콜이 쇄도했다. 2주에 한 번, 주말에 돌아오는 게 고작일 정도였다.

그런 우리 집을 도와준 사람이 아버지의 죽마고우였던 쿠로하의 아버지였다. 원래도 쿠로하네 집과는 가족 단위로 교류가 있었는데 언제라도 밥을 먹으러 오라고 하셔서 지금도 일주일에 두세 번은 저녁 식사 자리에 실례하고 있었다.

거기에 집안이 쓰레기장이 될 뻔한 이후로 쿠로하가 일주일에 한 번은 와 주게 되어서 그날은 내가 직접 요리를 대접하게 되었다.

다만 여름방학 중에는 아버지의 일이 적어서 줄곧 집에 있었다. 그 때문에 쿠로하의 방문을 거절했었다. 아버지가 쿠로하네 집에 갈 때도 있었지만 쿠로하에게 고백을 받아서 볼 낯이 없었던 나는 이래저래 일을 만들며 방문하지 않았다.

　그런 이유로 쿠로하가 우리 집에 오는 건 약 한 달 만이었다.

　"아, 그렇구나. 그럼 다음에 걔들도 데리고 와. 카레 많이 만들 테니까. 그 대신 청소를 시키면 되겠지."

　"그것도 괜찮지만 가끔은 다른 요리를 만들어 보는 게 어때?"

　"음, 뭐, 그것도 그렇네. 근데 난 책이나 인터넷 보며 만드는 거는 뭔가 어색하더라. 다른 사람이 만드는 모습을 보며 익히는 편이 수월하다고 할까."

　"그럼 내가――."

　"……거기까지."

　나는 진지한 눈으로 설득했다.

　"부탁이니까 거기까지 해줘――."

　학교 놈들은 모르지만 용모, 학력, 운동 실력, 사교성 전부를 갖춘 것으로 알려진 쿠로하에게도 커다란 약점이 있었다.

　밥. 이. 맛. 없. 다.

　밥을 맛없게 만드는 사람에게는 레시피를 제대로 확인하지 않거나, 맛을 보지 않거나, 독창성을 집어넣으려고 하거나, 혹은 복합적이거나 하는 등, 여러 가지 요인이 있었다.

　쿠로하는 그중에서도 가장 문제가 있는 원인―― '미각이 일반 사람과 다르다'는 치명적인 결점이 있었다. 이건 노력으로 해결할 문제가 아니었는데, 쿠로하는 언제나 요리를 만들 때는 진지해서 레시피를 확인하지 않는 것도, 맛을 보지 않는 것도 아니었다. 그저 레피시 대로 만들면 자신의 취향과는 맞지 않으니까 조금씩 자기 취향대로 만들다 보니 맛이 없어지는 것이다.

"치이, 그렇게까지 말 안 해도 되잖아. 내가 요리를 좀 못하기는 하지만 그런 말까지 들으니 뭔가 분한데……."

좀이 아니잖아! 하고 소리칠 뻔하다가 입을 다물었다.

쿠로하의 혀는 우주였다. 지구를 기준으로 생각해서는 안 되었다.

쿠로하가 올 때마다 카레를 만드는 것도 내가 만든 요리 중에서 쿠로하의 미각 기준으로 50점을 넘는 요리가 카레밖에 없었기 때문에 자연스럽게 카레가 되는 것이다. 사실은 다른 요리도 만들 줄 알았지만 그때는 쿠로하가 별로 먹지 않고 양이 부족해서 직접 추가 요리를 만들려고 하니까 다른 선택지가 없었다.

"하느님이란 평등할지도 모르겠어. 적어도 어딘가에서는 균형을 잡으려고 하니까……."

"하루야, 어째서 나를 보는 거야? 되게 실례되는 말을 들은 것 같은데?"

"신경 쓰지 마, 신경 쓰지 마. 그보다 언제나 미안해. 아니, 고마워인가?"

쿠로하는 거실에 들어오자마자 숄더백을 소파 위에 던지고 앞치마와 목장갑을 장착. 대화를 시작했을 무렵에는 거실에 버려진 쓰레기를 지참해 온 쓰레기봉투에 분별해서 담고 있었다.

"뭔가 솔직하네?"

"아니, 뭐라고 할까…… 조금 간격이 있었으니까 네 도움이 크다는 것을 실감했다고 할까……."

여름방학 동안에는 아버지도 있었고 학교에 가는 것도 아니었기에 시간도 남아서 집 청소는 당연히 아버지와 내가 둘이서 했다. 나는 요리를 만드는 건 꽤 좋아하지만 청소는 귀찮아서 싫어했다. 그래서 쿠로하의 고마움이 몸에 사무친 것이다.

　"그리고 쿠로하고는 말하기 편하다고 생각해서."

　시로쿠사에게는 메시지 하나 보내는 것도 고생이었다.

　시로쿠사에게 메시지를 보내려고 하니 허세도 부리고 싶어지고, 어떻게 하면 관심을 끌 수 있을까 싶어지고, 아베에 관해서 물어볼까도 싶어지며 여러 가지 생각이 들었다.

　그러나 쿠로하에게는 뭐든지 이야기할 수 있었다. 진심으로 그렇게 생각했기에.

　"언제나 고마워."

　솔직하게 감사의 말도 입에 담을 수 있었다.

　쿠로하가 붉어진 뺨을 부풀렸다.

　"차암, 그렇게 비행기 태워도 아무것도 안 나와."

　쿠로하의 '차암'이 나왔다. 쿠로하의 '차암'은 '차암, 어쩔 수 없긴.'이라는 뉘앙스로, 화내는 것처럼 보이지만 정말로 화났을 때는 절대로 하지 않는 말이었다. 약간 불만은 있지만 이미 용서했을 때나 이번처럼 나무라고는 있지만 실은 쑥스러울 때 사용했다. 지금도 마냥 듣기 싫은 건 아닌지 눈살을 찌푸리면서도 입가는 느슨해져 있었다.

　"자자, 아부할 시간이 있으면 청소기라도 가져와. 빨리."

　"그래그래."

나는 거실 구석에 놓아둔 청소기를 들어 쿠로하에게 건넸다.

그리고 그때—— 핸드폰이 울렸다.

별생각 없이 주머니에서 꺼내서 발신자를 확인했다.

"응————?!!?!"

말도 안 돼, 그럴 리가 없잖아…….

——카치 시로쿠사. 그 애에게서 전화가 오다니.

나는 무심결에 쿠로하를 살펴보고 말았다.

"응? 왜 그래? 안 받아?"

"아…… 그게 테, 테츠히코 녀석인데 내, 내가 리스트 보낸다고 했는데 말이지."

변명 같았지만 말하고 말았으니 이대로 밀고 나갈 수밖에 없었다.

"뭔데? 무슨 리스트?"

"연극 각본 관련 리스트야. 잠깐 방에 돌아가서 통화하며 만들고 올게."

"……흐음."

"미안해. 카레는 이제 끓이기만 하면 되니까 넘치지 않게 확인만 해줘."

"응, 그러지 뭐……."

그 사이에도 핸드폰은 계속 울리고 있었다. 전신에서 식은땀이 흘렀고 여름철인데 오한마저 들었다.

나는 한껏 지어낸 웃는 얼굴로 쿠로하에게 손을 흔들며 거실을 나섰다.

나온 뒤에는 전력으로 달렸다. 2층으로 달려 올라가서 방에 뛰쳐들어가 문을 잠그고 통화 버튼을 눌렀다.

　"──예, 여보세요."

　호흡이여 진정되어라! 고동이여 가라앉아라!

　냉정이다. 냉정해지는 거다. 냉정하게 대응하면 이 세상에 무서울 건 아무것도 없다.

　"카치야. 메시지 보내줘서 고마워."

　"아니야, 딱히 고맙다고 인사할 것까지는!"

　"답장하는 것보다 직접 이야기하는 편이 빠르겠다 생각해서 전화한 건데…… 괜찮았어?"

　"응, 물론이지! 집에서 느긋하게 시간 보내는 중이었거든!"

　"그래? 그럼 다행이네."

　역시 둘이서 이야기를 할 때는 시로쿠사의 목소리가 부드러웠다. 교실에서의 쿨한 기색이 사라지고 친근함마저 느껴졌다. 이 목소리만이라면 어디에 남자를 싫어한다는 이야기를 들을 요소가 있냐는 생각이 들 정도였다.

　'이거 역시 나에게도 아직 가능성이 있는 거 아닌가……?'

　그럴 게 '남자 따윈 절멸해' 같은 말을 하는데 나에게는 이렇게 상냥하다고. 아베와 사귄다는 것도 뭔가 착오가 아닐까……?

　이런, 나에게도 가능성이 있지 않을까 생각했더니 뭔가 갑자기 긴장되기 시작했다.

　"서, 설마 카치가 전화할 줄은 생각 못 했어."

　"아직 각본을 쓰겠다고 정한 건 아니지만 내용이라고 할까,

어떤 것을 생각하는지 궁금했거든. 빨리 알고 싶어서."

시로쿠사에게는 우리가 하려는 연극 같은 건 장난처럼 보일 것이다. 그런데 전화까지 해 주다니…… 한번 말했으면 대충 넘어가지 않는 자세가 그야말로 프로다웠다. 이런 고상한 부분이 정말로 매력적이라고 생각했다.

"그, 그럼 연극 내용 말인데, 나와 테츠히코가 점심시간에 상의해서 정한 부분은——."

"하루야~ 청소기 놔 둘게~."

"푸웁!"

나도 모르게 뿜었다.

아니, 쿠로하 잘못은 아니지만…… 타이밍이 최악이잖아!

"…………."

뭘까. 한마디도 들려오지 않는데 핸드폰 안쪽에서 냉기가 불어오는 듯한 한기가 느껴졌다.

"하루야~? 듣고 있어~? **밥 언제 먹을 거야~?**"

"으윽!"

괴롭다……. 가까스로 호흡이 가능할 정도로 심장이 격심하게 뛰었다……. 냉방을 켜두었을 텐데 땀이 멈추질 않는다…….

"……흐음, 그런 거였어?"

겨우 핸드폰에서 들려온 목소리에는 눈보라에도 필적할 냉기와 예리함이 실려 있었다.

"아니! 잠깐만! 카치! 너 착각하고 있어!"

"……착각이라니 뭐가? 자세하게 좀 들어 보고 싶은걸?"

아슬아슬하게 전화가 끊어질까 말까 하는 상태였다. 여기서는 의연하게 대답해야 했다.

"쿠로와는 소꿉친구고 부모끼리도 친구 사이야. 지금은 내가 혼자 살다시피 해서 일주일에 한 번 청소하러 와 주는 건데——."

"……사귀고 처음으로 집에서 하는 데이트니까 방해하지 말라는 말이야?"

아~ 그렇지?! 그렇게 받아들이게 되지?! 아하하, 어떻게 해야 하는 거냐…….

"그, 그런 말이 아니라! 부탁이니까 들어 봐! 그게 아니라! 나, 나는——."

"……후후후."

……어라, 환청인가? 마침내 중압감에 내 머리가 이상해진 건가? 그럴 게 지금 핸드폰에서 웃음소리가 들려온 듯한——.

"후후후, 미안해. 마루 군의 반응이 재미있어서 살짝 장난치고 말았어."

"……어?"

"시다 양과 어떤 관계인지는 전부터 알고 있으니 그렇게까지 당황하지 않아도 되는데…… 후후."

시로쿠사가 웃고 있었다. 그것만으로도 날아오를 듯한 기분이 되었다.

지금 그 쿨한 옆얼굴이 웃는 얼굴로 변해 있다. 그걸 상상하는 것만으로도 소리치며 뛰어다니고 싶은 충동에 휩싸였다.

"너, 너무 하잖아, 카치……. 너 그런 성격이었어……?"

"몰랐어?"

"그야 넌 반에서는 남자를 싫어한다고 알려져 있고 기본적으론 쿨하니까⋯⋯."

"전부 마루 군 때문이야."

"⋯⋯어? 뭐? 나 때문이라고? 그게 무슨 말이야?"

"그건──."

노크 소리가 나며 문 너머에서 목소리가 들려왔다.

"하루야~! 나 빨래하고 있을 테니까 통화 끝나면 내려와~."

쿠로하가 발소리를 내며 계단을 내려갔다.

크으윽, 쿠로야, 너 타이밍이 최악이라니까⋯⋯!

두 배로 빨라진 고동을 느끼며 시로쿠사가 무슨 말을 할지 조마조마하게 기다렸다.

그러자 시로쿠사가 태연하게 말했다.

"이대로 계속 이야기를 나눠도 방해받을 것 같으니까 내일 방과 후에 둘이서 느긋하게 이야기하지 않을래?"

"⋯⋯어?"

"안 돼? 예정 있어?"

"없는데⋯⋯ 괜찮아?"

"나는 괜찮아."

⋯⋯이거 뭐야. ⋯⋯이거 뭐야! ⋯⋯이거 뭐야!!

차였다고 생각했더니 거리가 단숨에 가까워졌는데?!

"나도 물론 괜찮아!"

"그럼 도서준비실을 확보해 둘게. 도서실 선생님과 친해서 느긋하게 이야기를 나누고 싶을 때 빌려주시곤 해."

나는 그 말에 기뻐할 뻔하다가—— 급속하게 머리가 식었다.

느긋하게 이야기를 나누고 싶을 때 카치는 도서준비실을 확보한다고 말했다. 그렇다는 건 지금까지도 몇 번이나 '느긋하게 이야기를 나누고 싶을 때'가 있었다는 말이다.

문제는 누구와 느긋하게 이야기를 나눴냐는 점이었다. 그 부분에 생각이 미치지 않았다면 나는 행복한 채로 있었을지도 모른다.

그도 그럴 게 잠깐만 상상해 봐도 대답은 한 가지밖에 없었으니까. 대화 상대는—— 일반적으로 생각하면 현재 남자친구인 아베일 것이다.

아베도 시로쿠사도 유명인이었다. 그 때문에 남의 눈에 띄지 않는 장소를 확보할 필요가 있었을 것이다.

'……젠장. 나란 놈은.'

왜 이렇게 단순하고 바보 같은 걸까. 좋아하는 여자애가 살짝 친근하게 대해 준 것만으로도 금세 들뜨고 만다.

아무리 즐겁게 이야기를 나눠도 시로쿠사는 아베와 사귀고 있다. 나는 말하자면 시간을 때우는 상대였다. 시로쿠사에게는 아베와의 연애와 소설 집필이 우선 사항이었고 나와는 남는 시간에 어울려주는 것에 지나지 않았다.

"각본에 넣어줬으면 하는 부분이라거나 테마 같은 걸 메시지로 보내줘. 잘 풀리면 내일 상의하기 전까지 간단한 플롯은 작성해 둘 테니까."

친근하게 느껴지는 기분 좋은 목소리가 가슴을 옥죄였다.

여러 가지로 긍정적인 제안을 해 주는 건 틀림없이 호감이 있다는 증거였다.

그렇기에 괴로웠다.

어째서 나는 이 애를 손에 넣을 수 없었던 걸까── 그런 감정이 부글부글 끓어올랐다.

"⋯⋯괜찮아? 소설 쪽은?"

"지금은 편집자가 읽고 있는 단계여서 마침 한가해."

이 이상 이야기를 나누는 건 조금 힘들었다. 그래서 바로 이야기를 끝냈다.

"그거 다행이네. 그럼 내일 봐."

"어? 아⋯⋯ 응, 내일 봐."

전화가 끊겼다.

떨리는 손을 바라보았다. 카치와 이야기를 나눈 열기가 지금도 남아 있었다.

나는 머리를 내저어서 여운을 떨치며 방을 나섰다.

"아, 하루야! 이 셔츠 말인데 커피가⋯⋯."

방 앞에서 쿠로하와 마주쳤다.

나는 쿠로하에게 웃어 주려고 했지만 쿠로하는 나를 보자마자 얼굴에서 표정이 사라지더니 세탁물을 그 자리에 내려놓았다.

"왜 그래?"

"뭐가?"

"하루가 죽상을 하고 있으니까."

나는 지금 감정이 어지럽게 뒤섞여 있었다.

흥분과 질투. 그 두 가지 감정이 소용돌이쳐서 혼란스러웠다. 그걸 아무래도 쿠로하에게 들킨 모양이었다.

"정말로 쿠로에게는 감출 수가 없어."

"하루가 너무 알기 쉬운 것뿐이야. 카레도 슬슬 다 되었을 테니까 먹을까?"

"……그래."

쿠로하가 발산하는 분위기가 무척 마음 편해서. 카레를 먹는 동안 나는 시로쿠사와 통화한 내용을 이야기하고 있었다. 조금 전에는 순간적으로 테츠히코의 전화라고 거짓말했는데……로 시작된 내 한심한 이야기를 쿠로하는 진지하게 들어주었다.

식후에 나는 담당인 설거지를 했고 그동안 쿠로하는 건조기로 말린 세탁물을 거실로 옮겼다. 설거지를 끝낸 내가 냉동실에서 아이스크림을 꺼내어 건네니 쿠로하는 세탁물을 개던 손을 일단 멈추고 소파에 앉았다.

"하루의 이야기를 듣고 여러 가지로 생각해보았는데."

"응."

내가 소다맛 아이스크림을 물자 바로 옆에서 쿠로하가 팥맛 아이스크림을 할짝할짝 핥았다.

"갑자기 카치 양이 접근한 게 뭔가 부자연스럽지 않아?"

"부자연스럽다고?"

"새삼스럽다고 할까, 납득이 안 되는 점이 몇 가지 있다고 할까……. 애초에 나는 카치 양을 신용하지 못하겠어."

신용하지 못하겠다……라. 미련이 철철 넘친다는 소리를 들을 줄 알았는데 예상 밖의 말이었다.

"넌 카치가 싫다고 했었으니까. 하지만 신용하지 못하겠다니, 어느 부분이?"

"그럴 게 생각해봐. 하루는 아베 선배에게 우쭐거리고 싶으니까 축제에 연극으로 참가하는 거잖아?"

"우쭐거리다니…… 아니, 뭐, 그렇긴 한데."

"그리고 애초에 원인이 카치 양을 아베 선배에게 빼앗겼기 때문인데 카치 양의 힘을 빌리는 건 앞뒤가 이상하지 않아?"

"아…… 응, 뭐, 그건 그렇네……."

"카치 양과 아베 선배가 몰래 작당하고 있어서 뭔가 함정 같은 걸 판 거 아니야?"

그렇군…… 내 머리는 두 사람의 관계를 부정하고 싶어 했기 때문인지 그 가능성을 그다지 생각하지 않았다.

"두 사람이 사귀는 사이인 이상 카치 양과 아베 선배는 내통하고 있다고 보는 게 자연스럽잖아? 그렇다면 카치 양은 몰래 아베 선배에게 가담하고 있을 가능성이 커. 그럼 카치 양이 갑자기 상담에 응해준 것도 아베 선배의 함정이라는 느낌이 들지 않아?"

"윽, 확실히 그런 느낌이 무진장 들긴 하네."

나는 머리를 부여잡았다.

"아베 선배는 하루의 옛날 일을 일부러 끄집어냈잖아? 상당히 집념이 담겼다고 봐. 그럼 카치 양을 미끼로 함정을 준비하는 것도 충분히 있을 수 있는 전개야. 그렇다면 지금의 하루는 미끼에 낚여서 기뻐하는 피에로고."

"끄으으으으으으으으으으으으으으으으으으윽!"

나는 거실 바닥을 주먹으로 내리쳤다.

"남자의 순정을 잘도 짓밟았겠다아아아! 이건 유죄야아아아아! 복수감이다아아아아!"

"자, 거기까지!"

쿠로하가 워워, 하며 양손으로 말을 진정시키는 듯한 손짓을 했다.

"하루야, 일단 이야기를 처음으로 되돌릴게. '아베 선배를 한 방 먹이고 싶다'는 것까지는 좋아. 이길 수 있는 건 연기밖에 없다는 것도 알겠는데······."

"알겠는데?"

"애초에 연기를 할 수 있어?"

숨이 막혔다.

쿠로하는 소꿉친구다. 지금까지의 나를 전부 알고 있었다.

나의 옛 영광도, 거기서부터 추락한 모습도.

"내 생각은 이래."

쿠로하가 거실 테이블 아래에 언제나 비치해 두는 전단지 뒷면에 펜으로 글자를 쓰기 시작했다.

"우선 하루가 연기를 할 수 있을지 없을지를 확인할 필요가 있다고 생각해. 그러니까 내일 방과 후에 카치 양과 만나기 전에 테츠히코 군과 체육관으로 와. 뭐라도 좋으니까 무대 위에서 뭔가를 해봐."

"……뭐, 그래야겠지. ……알았어."

"단지 말이야——."

쿠로하가 웨이브가 진 밤색 머리카락을 검지로 돌돌 말았다.

"솔직히 나는 하루가 연기를 하지 않는 편이 낫다고 생각해. 가령 연기를 할 수 있더라도 상당한 공백기가 있었잖아. 옛날과 비교해서 싫은 소리를 하는 사람도 많이 있으리라 봐. 그래도 하루는 할 거야?"

테츠히코는 나에게 연기를 시키고 싶어 했다. 아마 시로쿠사도 그럴 것이다. 하지만 쿠로하만은 막으려 했다. 쿠로하가 나를 진심으로 걱정해 주고 있기 때문이다.

"고마워, 쿠로야. 하지만 내 안에도 미련이 있어서 한 번 정도는 도전해야 한다고 생각했어."

이번 일은 어떤 의미로는 좋은 계기라고 생각했다.

아직 할 수 있지 않을까 하고 줄곧 생각하고 있었다. 부활하기에는 늦었을지도 모르지만 이대로 아무것도 하지 않으면 평생 후회할 것 같았으니까—— 도전해 보려고 한다.

"……그래."

"뭐, 힘들지도 모르지만."

쿠로하는 머리카락을 돌돌 말면서 쑥스러운 듯이 시선을 돌렸다.

"만약 힘들어도 말이야."

"응?"

"하루의 가치는 연기에만 있는 것도 아니고, 나는…… 좋아하니까."

"푸읍!"

나도 모르게 아이스크림을 뿜었다. 덩어리를 내뱉고 말았기 때문에 황급히 바닥에 떨어진 아이스크림 잔해를 휴지로 쌓아서 주웠다.

"하루 또 쑥스러워하네~. 귀엽긴~."

"너 얼굴이 무진장 빨갛거든."

말한 본인이 가장 쑥스러워하면서! 보고 있는 이쪽이 다 부끄러워진다고!

"뭐어~? 안 그런데~? 하루도 자기가 쑥스럽다고 내 탓으로──."

"자, 거울."

거울을 들이대자 쿠로하는 자신이 어떤 얼굴인지를 자각하였고── 수치심에 불이 붙은 듯했다. 그렇지 않아도 붉었는데 귀까지 새빨갛게 물들이며 자신의 무릎에 얼굴을 파묻었다.

"주, 죽고 싶어……."

"오호~? 방금 귀엽긴~ 하며 도발하던 건 누구였더라~?"

언제나 공격만 받았기에 반격해 보았다. 그러자 쿠로하가 깜짝 놀랄 정도로 당황하기 시작했다.

"그, 그만해~! 저, 정말로 부끄럽단 말이야! 요, 용서해줘~!"

"뭐야. 평소처럼 '이 누나를 놀리다니 용서 못 해' 같은 말을 해야지."

"그, 그렇긴 한데…… 반격에는 정말 약하단 말이야……."

"뭐야, 그게."

"내가 도발하는 건 괜찮아! 그치만 하루가 놀리는 건 안 돼!"

"무슨 그런 자기중심적인 논리를……. 그럼——."

지금까지 나는 쿠로하에게 실컷 놀림을 받았었다. 그러나 지금은 달랐다. 반격할 절호의 기회였다.

나는 쿠로하의 등에 손가락을 미끄러트렸다.

"꺄악!"

쿠로하가 간지러워하며 무릎에 파묻고 있던 얼굴을 들었다. 그 순간을 노려서 턱을 잡고 들어 올렸다.

"이거라면 어때."

어색한 말투에 나도 부끄러워졌다. 침대에 누운 뒤에 떠올라서 이불을 걷어찰 행동이었다는 것을 하고 나서 깨달았다.

그러자 쿠로하가 핑핑 도는 눈으로 혼란에 빠진 채 대답했다.

"흥, 해봐. 뽀뽀…… 할 거지?"

"윽, 너…… 무슨 말을 하는 거야!"

아무래도 쿠로하는 수치심을 떨쳐낸 끝에 모든 수비력을 공격력으로 변환한 모양이었다. 결사적인 공격—— 그런 만큼 내 이성을 무너트릴 정도의 파괴력을 지니고 있었다.

"후후, 이젠 이판사판이야. 살을 내주고 뼈를 취하는 거지. 그치만 하루에게 그럴 용기가 있을까?"

"……있다고 한다면?"

"…………………………………………기뻐."

안 돼! 이거 더 이상 나가면 안 되는 상황이야!

"참고로 하루야. 알고 있으리라 생각하지만 지금 이 집에는 우리밖에 없고 내가 늦게 돌아가도 누구도 이상하게 생각하지 않을 거야."

"으아아아아아아아! 돌이킬 수 없는 강을 건너려고 하지 마!"

"왜 건너면 안 되는데? 뭔가 불만이라도 있어?"

쿠로하가 수치심 가득한 핑핑 도는 눈으로 나에게 접근했다.

요, 요것이 자폭할 각오로 나를 죽이려 들잖아?!

"너, 나를 죽일 셈이야?!"

"물론이지. 나는 하루에게 고백한 뒤로 후퇴라는 나사가 풀려 있거든."

아, 큰일이다. 넘어갈 것 같다. 쿠로에게 넘어갈 것 같다.

'……넘어가면 안 되는 건가?'

마음속 목소리가 들려왔다.

시로쿠사는 남의 여자가 되었다. 그렇다면 이젠 기대해서는 안 된다.

한 번은 고백을 거절했지만 쿠로하는 기다려주고 있다. 받아들여 준다. 그렇다면 실례라는 생각을 하지 말고 솔직하게 충동에 몸을 맡기면 되지 않을까……?

그렇게 생각하고 있을 때였다.

——띠링.

메시지 수신음이었다.

흘러가는 것을 거부하려고 하는 이성이 아슬아슬하게 남아 있었겠지. 별생각 없이 핸드폰을 손에 들고 보낸 사람을 확인하자 시로쿠사였다.

『나에게 무엇을 알려주면 좋을지 고민할지도 모른다고 생각해서 원하는 정보를 리스트로 정리했어. 참고해.』

한 시간 정도 전에 시로쿠사와 통화한 참이었다. 그런데도 여러 가지로 생각해 주고 있었다는 것을 메시지에서 엿볼 수 있었다.

이 문장으로 봐서는 시로쿠사는 성실하게 대응해 주려는 것처럼 보였다. 그래도 역시 아베가 뒤에서 조종하고 있는 것일까.

쿠로하가 등 뒤에서 메시지를 들여다보았다.

"나는 내일 하루가 카치 양과 둘이서만 만나지 않는 편이 낫다고 생각하는데."

"……아니, 약속해 버렸으니까 일단 내일은 만나 볼게."

"…………그럼 경계만큼은 해줘. 하는 말을 그대로 믿어서는 안 돼. 언제나 뒤에 아베 선배가 있다고 생각해."

뭐, 그렇겠지. 분명 쿠로하의 생각이 옳을 것이다. 나는 객관적인 판단을 할 수 없으니까 여기서는 고분고분하게 쿠로하의 의견을 듣도록 하자.

"알았어. 걱정해 줘서 고마워."

"아니야."

어느 사이엔가 조금 전까지 있었던 핑크빛 분위기는 사라져 있었다.

쿠로하가 개어 둔 세탁물을 정돈하고 일어섰다.

"어디 가?"

"화장실."

쿠로하는 그대로 옆모습도 보여주지 않고 문 너머로 사라졌다.

"카치, 시로쿠사——."

나에게 들리지 않도록 내뱉어진 목소리.

그건 원망이 담긴 목소리였다.

*

다음 날 방과 후, 나는 테츠히코와 함께 체육관 무대 위에 서 있었다.

시로쿠사와 도서준비실에서 만나기로 한 약속 시각은 16시 반. 지금은 16시였다. 그러므로 지금부터 20분 동안 쿠로하가 제안한 '내가 연기를 할 수 있을지 없을지'를 확인하기 위해 간단한 연기 연습을 해보려 했다.

체육관에는 농구부, 배구부, 탁구부, 그리고 배드민턴부가 연습을 시작했다. 방금 시작한 참인지 근력 단련과 기초 훈련이 중심인 메뉴였다.

연극부가 없는 호즈미노 고등학교에서는 무대 위가 언제나 비어 있어서 동호회에 지나지 않는 우리도 쉽게 확보할 수가 있었다.

"아. 에, 이, 오, 우, 아, 에."

나와 테츠히코가 가볍게 발성 연습을 시작하니 엄청나게 주목을 받았다. 낯선 광경이라는 건 알겠지만 그렇다고 너무 뚫어지게 바라보면 부끄럽다.

나는 조금 안심하고 있었다. 연습 중에 나는 딱히 실수를 하지 않았다. 배드민턴부에 소속된 쿠로하도 러닝을 하면서 곁눈질로 나를 관찰하고 있었지만 안도한 모양이었다.

"야, 스에하루. 저기 봐봐……."

"음?"

테츠히코의 시선 앞에는—— 시로쿠사와 아베가 있었다. 두 사람은 체육관에 들어와서는 동아리 활동을 방해하지 않게 출입구 근처에 선 채 이쪽을 보고 있었다.

"아무래도 우리를 보러 온 모양인데."

교내 유명인 랭킹이 있다고 한다면 단연코 1위와 2위일 두 사람이었다. 그런 두 사람의 거리가 가까웠다. 손을 잡고 있지는 않지만 커플의 거리라 해도 좋았다. 적어도 지금까지는 교내에선 이야기하는 모습조차 보이지 않았던 만큼 충격적이라 할 수 있는 광경이었다. 그런 만큼 동아리 활동을 하고 있던 학생 중에는 걸음을 멈추고 새된 목소리로 속닥거리는 녀석들도 적지 않았다.

"칫……."

나는 무심결에 혀를 차고 있었다.

최소한의 반항이었을지도 모른다. 두 사람이 나란히 서 있는 광경은 생각 이상으로 충격적이었다.

유령을 본 듯한 기분이란 이런 것일까.

──없으리라 믿고 싶었던 것을 보고 말았다.

그런 기분이었다. 하지만 본 이상은 믿을 수밖에 없었다.

"테츠히코, 리딩용 대본 있지? 잠깐 해 보자."

"괜찮아? 오늘은 일단 가벼운 연습과 무대 적응이라고 했잖아."

"괜찮으니까 해보자."

분하고, 괴롭고, 화가 나서. 아무튼 지금은 뭔가를 하지 않고는 배길 수 없었다.

대본을 읽을 때는 새로운 세상으로 여행을 떠나는 듯한 고양감을 반드시 느꼈다. 6년 만에 느끼는 그리운 감각── 그런데 지금은 머리에 피가 쏠려서 집중되지 않았다.

테츠히코가 대본으로 시선을 내린 채 읽기 시작했다.

" '안토니오의 살 1파운드는 그대의 것이다. 법률이 그것을 인정하고 법정이 이를 허가한다. 그대는 저 상인의 가슴에서 살을 도려내도 괜찮다. 법률이 그것을 인정하고 법정이 그것을 허가하기 때문이다' ."

역시 평소에도 여자애들을 속이고 있는 만큼 테츠히코의 연기는 꽤 괜찮았다. 솔직히 재능이 있다고 생각한다. 아직 프로 레벨은 아닐지도 모르지만 단련하기에 따라서 충분히 프로를 노릴 수 있을 것이다.

이 뒤에 이어지는 '오오, 현명하고 공정하신 재판관님!' 이 내

대사였다.

나는 마음속의 스위치를 켰다. 마지막으로 언제 켰는지도 기억나지 않는 일할 때의 스위치였다.

스위치가 들어가면 나는 다른 인간이 된다. 어린 시절의 이미지를 그대로 사용한다면 '변신'이다. 주인공이 인간에서 히어로로 변신하는 것처럼 나도 평범한 인간에서 이야기의 캐릭터로 변신하는 것이다.

하지만——.

"오오, 혀, 현명……하……."

이상했다. 떨림이 멈추질 않았다. 목이 바짝 말라서 목소리를 내고 싶어도 위가 옥죄여 드는 듯했다.

위화감을 느낀 동아리 활동 중인 녀석들이 나를 보고 수군거리기 시작했다.

빛과 시선, 무대. 온기…… 그리고 죽음.

온갖 감정이 노도처럼 밀려들며 나는 핏기가 가시는 것을 느끼고 있었다.

"욱——."

구역질이 치밀어올랐다.

나는 무심결에 무릎을 짚었다.

"하루야……!"

쿠로하가 있던 자리에서 벗어나며 달려왔다.

"야, 스에하루! 어쩔 수 없지, 어깨 빌려줄 테니까! 자, 양호실 가자!"

"그래……."

나는 테츠히코의 어깨를 빌리기 위해 손을 뻗었고—— 힘이 빠져나갔다.

체육관 바닥에 무너져내린 순간, 쿠로하의 비명이 들려온 듯한 기분이 들었다. 그러나 분명하게 인식하기 전에 의식이 사라지고 말았다.

그 세 번째
보물상자와 도구상자

＊

내 아버지는 스턴트맨. 어머니는 인기 없는 여배우였다.

아버지는 처음엔 배우를 지망해서 극단에 소속되어 있었지만 빛을 보지 못했고, 극단으로부터 소개받은 스턴트맨 쪽이 평가를 받아 언제부터인가 전문으로 하기 시작했다.

어머니는 용모는 그런대로 단정했지만 여배우로서 중요한 화사함이 없다는 말을 듣고 있었다. 결국 연극에서도 텔레비전에서도 바라던 큰 역할을 따내지 못한 채 결혼을 하였고 나를 낳았다.

어머니는 연극을 사랑했다. 무대를 사랑했다. 텔레비전을 사랑했다. 이야기를 사랑했다.

내가 극단에 들어간 건 그런 어머니의 희망이었고 나는 아무런 위화감도 느끼지 못한 채 아역으로 데뷔하게 되었다.

나는 아역으로 연기하는 게 싫지는 않았다. 모두에게 칭찬도 받았고 관객과 카메라 앞에서는 가슴이 뛰었다.

다만 무엇보다 기뻤던 건 어머니가 좋아한다는 점이었다.

'하루야, 잘했구나. 대단해. 내가 낳은 아이라고는 생각할 수 없을 정도야.'

어머니가 그런 말을 하며 안아주면 나는 기뻐져서 무슨 역할이라도 할 수 있을 듯한 기분이 들었다. 그렇게 계속하다 보니 인기가 생겼고 언제부터인가 유명인이 되어 있었다.

그러자 나를 기용하고 싶었던 프로듀서가 내가 하는 일의 결정권을 가지고 있던 어머니를 설득하기 위해 머리를 썼다.

'어머님도 배우 경험이 있으시다고 들었습니다. 괜찮으시면 어머님도 출연해 보시겠습니까? 스에하루 군의 어머니역을 준비했는데 어떠신지요?'

내가 주인공이고 어머니역은 1화에서 교통사고로 죽는 이야기였다. 말하자면 어머니역은 단역이었다. 그러나 이로써 어머니는 염원이었던 황금 시간대 드라마에 출연할 수 있게 되었다.

어머니는 이루 말할 수 없을 정도로 기뻐했다.

그래서—— 이건 명연기라고—— 모두가 생각해 버렸다——.

"엄⋯⋯마⋯⋯?"

컷을 해도 어머니는 눈을 뜨지 않았다. 흔들어도 말을 걸어도⋯⋯ 그로부터 영원히—— 눈을 뜨지 않았다.

사인은 두부 타박. 경찰이 사고 검증을 했지만 안전상의 배려는 충분히 되어 있었고 주된 원인은 어머니의 한계를 넘은 연기로 두부에 충격이 가해졌기 때문이었다.

어머니가 촬영 중에 사고로 죽었다고 공표되면 드라마 자체가 무산될지도 몰랐다. 나는 아버지의 어떻게 하고 싶냐는 물음에 어머니의 염원이었던 드라마를 마지막까지 하고 싶다고 말했다.

　결국 아버지는 사무소의 허락을 받아 경찰과 방송국에는 비공표를 의뢰해서 평범한 사고사로 하였다. 사인이 어머니에게 있는 이상 그건 결코 거짓이 아니었다.

　세간에 대한 공표를 피한 덕분에 수록은 그대로 이어져서 촬영종료. 어머니의 염원이었던 드라마 출연을 완수했고 드라마 자체도 기록적인 시청률을 따냈다.

　그러나 그 드라마의 촬영이 종료된 후에 나는 아무리 노력해도 의욕이 생기지 않았다. 그뿐 아니라 다음 작품에 들어가려고 할 때 몸이 안 좋아져서 연기를 제대로 할 수 없게 되었다.

　무기한 휴양을 결단한 아버지는 사무소를 설득하여 나를 연기의 세계에서 떨어트렸다.

　그리고 그로부터 6년—— 휴양은 지금도 이어지고 있었다.

＊

　멀리서 야구부의 호령이 들려왔다. 다음은 축구부의 목소리. 이번에는 육상부.

　이곳은 학교이겠지. 그런데 나는 눈을 감고 있었다. 그 위화감에 나는 눈을 떴다.

　몸을 일으키고 바로 눈에 들어온 건 새하얀 시트. 그리고——.

　"잘 잤어……라고 하는 건 이상한가. 어찌 되었든 일어나서 다행이야."

이 학교에서 모르는 사람이 없는 '미인 여고생 아쿠타미상 작가' 카치 시로쿠사의 얼굴이었다.

석양으로 물든 양호실. 의젓한 카치의 자세는 환상적인 풍경 안에서도 눈에 띄어서 아름답게 보였다.

"어라, 나는——."

"체육관에서 쓰러져서 카이 군과 미츠루 선배가 양호실까지 옮겼어."

미츠루 선배? 누구냐고 물어보려다가 그게 아베의 이름이라는 것을 깨달았다.

"그럼 테츠히코와 아베 선배는? 그리고 어째서 카치가 여기 있는 거야?"

"미츠루 선배는 마루 군을 옮긴 뒤에 바로 돌아갔어. 볼일이 있다고 하던데."

"……그래."

시로쿠사의 입에서 아베의 이름을 들으니 껄끄러웠지만 지금은 뒷이야기를 듣는 게 우선이었다.

"카이 군은 지금 마루 군의 짐을 가지러 갔어. 나는—— 마루 군에게 이걸 건네고 싶어서 남아 있었고."

시로쿠사가 클리어파일을 내밀었다.

안에는 인쇄된 다섯 장 정도의 종이가 들어 있었다. 이건——.

"마루 군의 희망에 따른 플롯이야. 축제에서 눈에 띄고 싶다고 했으니 기존의 체육관 사용 시간대가 아니어도 괜찮다고 생각했어. 아니지, 거기서 벗어난 쪽이 분명 더 재미있을 것 같았거든."

축제에서 체육관의 사용은 엄밀하게 스케줄이 짜여 있었다. 사용하려면 사전에 학생회에 신청해서 시간을 잡아둬야 했다.

그리고 테츠히코가 사전에 15분의 시간을 잡아뒀었고 내가 거기서 연극을 하자고 제안을 했었다.

하지만 시로쿠사는 다른 무대가 좋겠다고 말했다.

"자, 잠깐 봐도 될까?"

첫 장을 훑어보았다. 첫 장에는 전체 개요가 적혀 있어서 필요한 정보도 마침 있었다.

"……그렇구나! 나와 테츠히코의 이름으로는 사람들이 모이지 않으니까 '고백제'를 이용하는 건가!"

나와 테츠히코가 훌륭한 각본으로 훌륭한 연기를 하더라도 사람들이 봐 주지 않으면 의미가 없었다.

"응. 눈에 띄고 싶다면 우선 무대가 달라야지."

시로쿠사가 설명했다.

"축제에서 매년 가장 호응을 받는 건 '고백제'야. 게다가 '고백제'는 폐회식의 일부…… 전교생이 반드시 봐. 그렇다면 그 '고백제'를 이용하지 않을 수는 없지. '고백제'에서 주역이 되는 것―― 눈에 띄고 싶다면 이게 최선이야."

분하지만 역시 대단했다. 나와 테츠히코로는 그런 아이디어가 나오지 않았다.

"게다가 '고백제' 자체를 우리가 접수하는 건가."

"그래, 그게 내 플롯의 포인트야. 마루 군과 카이 군이 '고백제'를 뒤흔들어서 '고백제' 자체를 자신들의 공연처럼 만드는 거야. 어때?"

고백제는 전교생이 주목하는 무대였다. 여기서 호응을 받으면 틀림없이 히어로가 된다.

불현듯 함성이 들려왔다.

무대에서 내려다본 관객석은 흥분의 도가니였다. 옆을 보니 식지 않는 흥분에 얼굴이 빨개진 출연자들이 웃고 있었다.

과거에 느꼈던 만족감이 뇌리를 스치고 지나갔다.

나는 확신했다. 시로쿠사의 아이디어를 채용할 수밖에 없다고.

"고마워, 카치!"

나는 흥분한 나머지 시로쿠사의 손을 잡고 있었다.

"앗?!"

"최고의 아이디어야! 성공한 모습이 모였어! 네 아이디어 덕분이야!"

시로쿠사는 평소의 모습에선 상상할 수 없는── 헤실거리는 웃음을 지을 뻔하다가 금세 의젓한 표정으로 되돌리더니 얼굴 옆에 드리운 고운 흑발을 가슴 앞으로 가져와서 쓰다듬었다.

"뭐, 내, 내 플롯이니까 당연하지."

"역시 프로라니까! 나나 테츠히코였다면 절대로 떠올리지 못했을 거야!"

"흐, 흥, 치켜세울 필요는 없어! 나는 프로니까 당연한걸!"

높은 프라이드는 프로 의식에서 비롯된 것일까. 모양 좋은 코를 높게 세우며 시로쿠사는 풍만한 가슴을 내밀었다.

나는 두 번째 장의 플롯을 보려고 종이를 넘겼다.

가볍게 본 거지만 두 번째 장은 고백제에서의 설정. 세 번째 장에는 간단한 흐름이 적혀 있었다.

"거기까지야."

"앗——."

시로쿠사가 종이를 빼앗았다. 무심결에 쫓았지만 나는 침대에 앉은 채였다. 한 발짝 물러난 시로쿠사에게까지 손은 닿지 않았다.

"뭐, 뭐야, 카치! 좋은 부분이었는데!"

"마루 군, 잊은 거 없어?"

"잊은 거……?"

"보수."

맞다, 그랬지. 보수를 요구했었다.

그렇겠지, 시로쿠사는 프로니까. 발상에 감탄하기도 해서 뒷내용도 꼭 보고 싶었다.

하지만 보수라…….

"저기 말이야, 카치. 나는 집에 아버지가 자주 없으니까 자유롭게 쓸 수 있는 돈이 있지 않냐는 시선을 받을 때가 곧잘 있긴 한데——."

"응?"

"아버지가 없을 때는 쿠로의 부모님이 우리 부모님이나 다름

없어. 그래서 돈도 용돈 정도밖에 가지고 있지 않고."

"내가 바라는 보수는 딱히——."

"그러니 출세해서 갚을 테니까 부탁합니다!"

벌떡 일어난 나는 침대 위에서 엎드려 빌었다.

상대의 대답을 듣지 않고 엎드려 빌며 밀어붙인다! 이것이야말로 억지를 받아들이게 하는 필승 패턴!

이걸로 마음이 약해졌겠지…… 하고 확신하며 힐끔 위를 올려다보니 시로쿠사가 얼음 같은 눈초리로 내려다보고 있었다.

"히익……."

뭘까. 시로쿠사는 언제나 내가 상정하던 것과 다른 반응을 보인단 말이지……. 기분이 언짢아 보인다고 생각했는데 좋을 때가 있고, 지금도 이쪽이 저자세로 나가니 기분이 좋으리라 생각했는데 언짢아 보이고……. 으음, 여심 같은 건 원래도 잘 모르지만 시로쿠사에 관해서 만큼은 두손 두발 다 들었다.

"그런 행동 하지 마."

"……어?"

"마루 군이 그런 행동을 하는 건 오히려 자기 자신에게 자신감이 있기 때문이라고 생각해. 바보 취급을 당해도, 깔보는 시선을 받아도 자신은 문제없이 살아갈 수 있다고 생각하니까. 그래서 비웃음을 사도 괜찮고 비굴하게 굴 수도 있는 거잖아?"

"아니, 그렇게 거창한 생각은 아니고, 난 바보니까 기세로 얼버무리고 있을 뿐인데……."

"나는 마루 군의 그런 모습은 보고 싶지 않아."

언짢아진 건 내가 한심한 모습을 보였기 때문에?

그렇다면 역시 시로쿠사는——.

"카치 말이야, 내가 옛날에 아역이었던 걸 알고 있었지? 아베 선배에게 들었는데."

"······그렇구나."

시로쿠사가 어깨를 작게 떨었다.

이 반응은 뭐지? 화가 난 건가······ 아니, 슬퍼하고 있는 건가.

잘은 모르겠지만—— 무척 진지한 표정이었다.

역시 이 반응은······.

"카치 혹시····· 옛날에 내 팬이었어?"

생각할 수 있는 결론은 이것밖에 없었다.

——마루 군의 그런 모습은 보고 싶지 않아.

이건 분명 과거에 팬이었기 때문에 나온 말이다.

애초에 둘이 있을 때는 웃는 얼굴을 보여준 것도 팬이었기 때문이다.

보수를 요구하면서도 각본을 곧바로 준비해준 것도 팬이었기 때문이다.

······역시 그렇다. 전부 '팬이었기 때문에' 라는 말을 붙이면 자연스럽게 납득이 된다.

시로쿠사는 어깨에 드리운 고운 머리칼을 손가락으로 감아서 돌돌 회전시켰다.

"……맞아. 그건 부정할 수 없어."

뭐라고 할까, 석연치 않은 표현이었다.

거짓말은 아니다. 하지만 전부 말한 것도 아니다. 그런 느낌이었다.

"그렇구나. 일단 팬이었다는 건 확실한가 보네."

"……응."

"고마워. 팬으로 있어 줘서. ……하지만 그 시절의 나는 이제 어디에도 없어."

나는 분명하게 말했다.

"세간의 주목을 모으고 많은 사람을 감동시키며 웃음을 주었던 한 명의 어린아이는 텔레비전에서 사라졌고 남아 있는 건 특별할 것 없는 고등학생이야. 미안하지만 기대를 해도 해 줄 수 있는 건 없어."

그뿐 아니라 잠시 연기를 해 보려고 하니 정신을 잃고 쓰러져 버릴 수준까지 전락했다. 과거의 팬이었다고 해도 서비스조차 해 주지 못한다.

"정말 그걸로 괜찮은 거야……?"

시로쿠사의 물음에 나는 뺨을 긁었다.

"괜찮고 뭐고, 뭐, 대단한 건 못 한다는 게 현실이야. 그래서 까놓고 말해 옛날 일을 끄집어내도 솔직히 곤란해. 기대해도 아무것도 못 하니까."

"하지만 카이 군과 공연을 할 거잖아."

"쓰러졌을 정도니까 관두는 편이 나을지도 모르지만 카치가 가지고 온 아이디어가 재미있었으니까. 하고 싶다는 생각이 들었어."

"그렇, 구나……."

"지금의 나는 시작점으로 돌아와 있어. 아니, 쓰러졌을 정도니까 마이너스일지도 몰라. 하지만 언제까지고 옛날에는 할 줄 알았다며 미련을 두는 것도 바보 같고, 연기하는 즐거움도 떠오르기 시작했거든. 그러니 지금은 창피를 당하더라도 전력으로 다시 해 볼 뿐이야."

나는 씨익 웃어 보였다. 시로쿠사는 눈을 크게 뜬 채 미동도 하지 않았다.

뺨이 붉어진 것처럼 보였다. 그러나 그건 석양 탓일지도 모른다.

"이유가…… 있지?"

"응? 이유?"

"그렇게 되어 버린 이유. 한 번은 그만두고 말았던 이유."

"아…… 그걸 묻는 거냐……."

"괜찮다면 가르쳐 줘. 그게 내가 받고 싶은—— 보수야."

그렇군. 그렇겠지. 한때 팬이었다면 내가 돌연히 텔레비전에서 사라진 게 지금도 납득이 되지 않을 테니까.

엄마의 드라마 출연을 없었던 것으로 하지 않으려고 세간에는 공표되지 않은 진실. 다물고 있어 준다면 딱히 숨길 일은 아니니 보수가 된다면 이야기를 해도 상관없나.

"말할 수 없는 일이야?"

시로쿠사가 불안하다는 듯이, 그렇지만 강한 어조로 거듭 물었다.

"아니, 말할 수 있어. 하지만 퍼지면 곤란하니까——."

"괜찮아. 누구에게도 말하지 않을 테니까. 이야기의 신께 맹세코."

"뭐야, 그 이야기의 신이란 건……."

소설가는 다들 이야기의 신이란 게 보이는 건가.

"친구가 가르쳐 줬어. 무척 변덕스럽고 잔혹한 신. 하지만 노력하는 사람에게는 응해 주는 상냥한 신이래."

"흐음."

어떤 친구인지 신경 쓰였지만 묻지는 못했다.

"누구에게도 말하지 않을 테니까 들려줘. 마루 군이 은퇴한 이유를."

"……알았어."

나는 간결하게 이야기했다. 너무 치장해서 동정받는 것도 싫었고, 괜히 비극의 히어로인 듯이 구는 것도 싫었기 때문에 담담하게 있는 그대로를 말했다.

…………………

…………

……

"…………그랬구나."

이야기를 끝까지 들은 시로쿠사가 짧게 중얼거렸다.

"관계자들이 아무도 말하지 않았던 이유를 이제 알겠어."

"관계자들에게 묻고 다녔던 거냐……."

텔레비전 방송에도 출연하는 미인 여고생 아쿠타미상 작가다웠다. 대단한 인맥과 행동이었다.

"그럼…… 어쩔 수 없는 걸까……."

"어? 지금 뭐라고……."

나는 물어보려다가 입을 다물었다. 시로쿠사의 눈에서 눈물이 뚝뚝 흘러내리고 있었다.

"으――."

여자애가 울면 남자로선 속수무책이었다.

심한 말을 했다면 사과할 수밖에 없겠지만 딱히 이상한 소리는 안 했잖아? 그럼 어떻게 해야 하는 거지?!

'그럴 때는 말이지…… 끌어안는 거라고!'

테츠히코라면 그렇게 말할 것 같았다.

아…… 응, 그럴 기회일지도 모른다. 나도 끌어안고 싶었다.

'그거 멋지네요! 사람이란 솔직한 게 제일이에요. 당신은 아직 시로쿠사를 좋아하고 있어요! 러브 앤드 피스! 사랑이야말로 세상을 구해요! 복수 같은 나쁜 짓은 관두고 끌어안아 버리세요!'

내 마음속의 천사가 속삭인다. 그러자 이번에는 악마가 속삭였다.

'너, 아까 무대에서 봤잖아. 아베와 시로쿠사가 나란히 있는 모습을. 그걸로 알았잖아. 두 사람은 사귀고 있다고. 그런데 네가 지금 끌어안으면 어떻게 될 것 같냐. 내쳐진 뒤에 내일부터 시로쿠사에게 절멸당할 거라고. 요컨대 네가 끌어안으려고 했다는 것이 모두에게 알려진다는 말이야. 아베도 떠들고 다니려나? 무슨 낯짝으로 학교에 갈 셈인데?'

소름 돋았어! 악마의 설득력이 장난 아니잖아! 이건 천사의 완패인데.

'하지만 말이지⋯⋯.'

새삼 생각했다. 나는 이런 여자애에게 약하다고.

재능이 있고 노력가에 존경할 수 있는 예쁜 여자애⋯⋯ 그런 애가 취향이었다. 연상이어도 연하여도 상관없었다. 어리광부리는 귀여운 타입보다 자존감이 강한 여자애에게 약했다. 그렇게 말이야, 그런 여자애를 보면 도와주거나 소원을 이루어 주고 싶어지잖아?

'하아⋯⋯ 조금만 더 일찍 예전에 내 팬이었다는 것을 알았더라면⋯⋯.'

좀 더 빠르게 시로쿠사와 거리를 좁힐 수 있었을지도 모른다.

물론 나는 아역을 관뒀으니 과거의 영광에 기대는 건 싫었다. 하지만 호감이 있다는 근거를 확실하게 알았으니 지금의 자신을 알아주게끔 적극적으로 말을 붙일 수 있었을 터였다. 언제나 남자에게 매몰찬 태도였기에 때때로 상냥하게 대해 줘도 끝까지 믿을 수가 없었다.

'뭘까, 이건⋯⋯. 훗날 동창회에서 좋아하는 여자애와 재회했을 때 옛날에 좋아했어라는 말을 들으면 이런 기분이 되는 걸까⋯⋯.'

엇갈렸다. 타이밍이 나빴다. 운명이 조금 달랐더라면 행복이 찾아왔을지도 모른다.

인생이란 참으로 후회뿐이었다.

"이거…….."

시로쿠사가 눈물에 젖은 얼굴을 가린 채 나에게서 한 번은 빼앗았던 플롯을 내밀었다.

"보수를 받았으니까……."

"으, 응."

내가 받아들자마자 시로쿠사는 고개를 돌린 채 일어서서 출구로 걸음을 옮겼다. 그러나 손수건으로 눈을 닦고 있던 탓인지 양호실 문에 머리를 한 번 부딪쳐서 비틀거렸다.

……역시 시로쿠사는 조금 허술한 부분이 있는 것 같았다.

나는 시로쿠사에게 해 줄 말이 떠오르지 않아서 그저 뒷모습을 지켜볼 수밖에 없었다.

"야, 스에하루~. 짐 가져왔어~."

교대하듯이 테츠히코가 들어왔다.

둔감하다는 말을 듣는 나라도 알 수 있었다.

"너 말이야, 줄곧 문밖에서 듣고 있었지?"

"와우, 네가 눈치채다니 웬일이냐. 내일은 눈이라도 내리려나."

"너 진짜로 나를 바보라고 생각하는 거 아냐?"

"예스, 아이, 두!"

"미리 말해두겠는데 내가 은퇴한 이유를 퍼트리는 것만큼은 진짜로 좀 하지 마. 나만 피해 보는 게 아니니까."

테츠히코가 뒷머리를 긁으며 크게 한숨을 내쉬었다.

"알고 있다니까. 아무리 나라지만 해도 되는 짓과 안 되는 짓쯤은 구별해."

"……그럼 다행이다만."

"그나저나 그 뭐냐."

시로쿠사가 사라진 문 너머로 시선을 보내며 테츠히코가 말했다.

"네 망상이라고 생각했었는데 말이지……."

"뭐가."

"카치 말이야, 가능성이 있는 정도가 아니잖아. 말도 안 된다니까."

"……너도 그렇게 생각해?"

테츠히코가 심각해 보이는 얼굴로 고개를 끄덕였다.

하지만 시리어스했던 건 여기까지였다.

테츠히코는 웃음을 참지 못하겠다는 것처럼 어깨를 떨더니 돌연히 천장을 향해 크게 웃음을 터트렸다.

"꼴좋다! 저런 퀸카를 놓치다니 바보냐?! 이래서 네가 동정인 거라고!"

"으윽, 테츠히코…… 너 이 자식……."

"이거 참 아깝게 됐구만. 너나 카치, 둘 중 한 명이 조금만 더 적극적으로 움직였다면 커플이 되었을지도 모르는데 말이야. 뭐, 움직이지 않았으니 빼앗긴 거지만."

정곡을 찔린 나는 어금니를 꽉 깨물었다.

'⋯⋯⋯⋯⋯젠장!'

열 받았지만 테츠히코의 말은 틀리지 않았다. 움직이지 않은 나도 나빴고 카치 쪽에서도 움직이지 않았다. 그래서 지금의 상황이 된 것이다.

"그래서 어쩔 거냐. 나랑 공연 나가서 아베 선배를 이긴다며. 그래서 카치를 다시 빼앗을 거냐?"

"아니, 다시 빼앗는 게 아니라 나한테 반하게 만든 뒤에 찰 거야! 그게 첫사랑에 실패한 남자의 복수잖아! ——아."

테츠히코가 히죽거리고 있었다.

아⋯⋯ 이건 쿠로하와 둘이서만 이야기했던 건데. 말하다 보니 그만 나와 버리고 말았다.

내가 머리를 부여잡고 있으니 테츠히코가 내 어깨에 손을 올렸다.

"아니, 뭐, 까놓고 말해서 대충 눈치채고 있었으니 감추지 않아도 된다고."

"눈치가 너무 빨라서 진짜 짜증 나는데."

"내 추측인데 다시 빼앗는 게 아니라 반하게 만든 뒤에 찬다는 거 시다의 생각 아니냐?"

목이 턱 막혔다.

"⋯⋯어떻게 안 거야."

정말로 이 빠른 눈치는 도움을 받을 때도 많지만 일방적으로 마음속을 엿보는 거 같아서 기분이 나빴다.

"그리고 네가 하려는 복수도 바보 같다고 할까, 더럽게 수준이 낮아서 보는 사람이 다 부끄러워질 정도인데——."

노골적으로 무시해서 열 받았다.

확실히 내가 하는 건 바보 같은 짓이었다. 하지만 그만둘 생각은 없었다.

그래서 반박하려고 입을 열었는데——.

"테츠히코, 불만 있으면——."

"——솔직히 첫사랑이니까 어쩔 수 없긴 해."

바로 입을 다물었다.

"그건 저주니까 복수를 하고 싶어지는 것도 어쩔 수 없지. 여자란 남자를 속이기 위해 태어난 거나 마찬가지지만 나도 첫사랑에 실패할 때까지는 그렇게 생각하지 않았어."

뜻밖이었다. 설마 테츠히코가 공감하다니.

여자와 나돌아다니는 주제에 여자를 증오하는 이 모순덩어리와는 적어도 여성에 관해서는 이야기가 통하지 않으리라 생각했다. 하지만 그런 테츠히코도 첫사랑은 특별했다는 건가.

차인 지금이니까 알 수 있다. 역시 첫사랑이란 특별하다.

그럴 게 끝내준다고! 무진장 즐겁고, 의욕이 백 배 정도는 생기고! 그 애를 생각하는 것만으로도 잠기운이 사라지고, 의미도 없이 돌연히 팔굽혀펴기를 시작해 버린다고!

하지만 그건 첫사랑이니까. 다음 사랑에서 그 정도로 한결같이 마음을 보낼 자신이 없었다.

그럴 게 실연의 아픔을 몰랐으니까. 분명 다음 사랑은 두근거리면서도 실연을 감내할 리스크가 포함된 사랑일 것이다. 이제는 무지하고 무모한 채로는 있을 수 없었다. 어쩌면 그것이 어른의 사랑일지도 모른다.

"너한테 물어보고 싶은데 말이야."

"뭔데."

"너한테 만능 도구상자가 있다고 쳐."

"……뭐? 도구상자?"

테츠히코의 입에서 나온 말이라고는 상상할 수 없었다. 무슨 말을 하는 거야?

"일단 들어보라고. 하지만 동경하는 보물상자가 손에 들어올 것 같아. 단, 보물상자를 손에 넣으면 도구상자는 버려야 해. ——그럼 너는 만능 도구상자와 동경하는 보물상자 중에서 어느 쪽을 가질 거냐?"

"——!"

이건 혹시 만능 도구상자=쿠로하, 동경하는 보물상자=시로쿠사를 말하는 건가……?

"그, 그건——."

그 뒷말이 나오지 않았다. 머릿속 회의 결과로 한 가지 결론이 나올 것 같으면 곧바로 안쪽에서 나온 부정하는 목소리가 결론을 무산시켰다.

"나는——."

"뭐, 지금은 그 정도인가."

별수 없다는 것처럼 테츠히코가 어깨를 으쓱거렸다.

"어느 쪽이 되었든 스에하루. 너, 나자빠져 있을 때가 아니잖아. 그것만큼은 확실하지 않아?"

"……그렇지."

테츠히코가 내 가방을 침대 위로 던졌다.

"그럼 돌아가자고. 위태로워 보이니까 집까지는 시다 보고 함께 가달라고 해. 나는 근처 편의점에서 카치의 플롯을 복사해올 테니까 그때까지 기다리고 있어."

"알았어."

"그리고 내일은 플롯으로 회의를 하고 모레부터는 본격적으로 연습하자고. 축제까지는 열흘밖에 남지 않았으니까. 놀고 있을 여유는 없어."

"당연하지."

테츠히코가 양호실에서 나가는 것을 지켜본 뒤에 나는 핸드폰으로 쿠로하에게 연락을 넣었다.

*

옛날 어느 곳에 소심한 여자아이가 있었습니다.

여자아이는 무엇을 해도 서툴렀고 자신감이 없었습니다. 그런 탓에 학교에서 따돌림을 당했고 언제부터인가 등교 거부를 하게 되었습니다.

낮 동안 여자아이는 집에 혼자 있었습니다. 그래서 이야기에 몰두했습니다. 집에는 아버지의 서가가 있어서 읽을 책은 얼마

든지 있었습니다. 책을 읽고 있을 때만큼은 외로움을 느끼지 않았습니다.

저녁이 되었습니다. 여자아이에게는 매주 손꼽아 기다리는 드라마가 있었습니다. 그 드라마의 주역인 소년은 무척 겁이 많고 의욕이 없는 게으름뱅이란 설정이었습니다. 그러나 극 중에서 가혹한 환경에 처하게 된 소년은 점점 성장하여 마침내 목표였던 어머니를 찾아내기에 이르렀습니다.

드라마는 처음엔 평범한 시청률이었지만 발탁된 주인공 소년의 연기력과 웃음도 감동도 있는 각본 덕분에 극적으로 급상승했습니다. 사회현상이 될 정도였습니다. 특히 엔딩에서 선보인 소년의 댄스는 소년이 최종화에 이르게 되는 미래의 늠름한 모습을 표현한, 초등학생이면서도 '멋짐'을 전면에 내세운 획기적인 내용이었습니다. 그 댄스는 소년의 역할인 '하뉴'에서 딴 '뉴군 댄스'라는 이름으로 불렸고 소년의 절도 있는 움직임도 있어서 큰 유행을 끌었습니다.

금세 팬이 된 여자아이는 그 드라마에서 스타덤에 오른 소년의 활약을 볼 때마다 가슴이 설레었습니다.

여자아이의 아버지는 드라마의 스폰서를 맡은 기업의 사장이었습니다. 그래서 집에 틀어박힌 딸을 위해 선물을 해 주기로 하였습니다.

'안녕, 마루 스에하루야.'

여자아이의 집 근처에서 수록이 있던 날에 여자아이의 아버지가 주역 소년을 점심 식사에 초대해서 데려온 것입니다.

여자아이는 크게 기뻐했습니다!

사인을 조르니 소년은 흔쾌히 써 주었습니다! 싹싹한 소년은 촬영 현장에 여자아이를 초대해서 견학을 시켜 주었습니다! 촬영의 차례를 기다리는 동안 함께 놀아 주기도 하였습니다! 그날 헤어질 때 또 놀자고 말해 주었습니다!

여자아이와 소년이 가장 열을 올린 건 이야기에 대한 것이었습니다. 소년은 연기자답게 다양한 이야기를 알고 있었고, 여자아이도 집에 틀어박혀 있는 동안 이야기를 닥치는 대로 읽어서 나이 이상으로 폭넓은 지식을 가지고 있었습니다.

몇 번이나 같이 놀고 대화를 나누는 사이에 여자아이는 어떠한 꿈을 가지게 되었습니다.

'내가 이야기를 쓸 테니까 스짱이 주역을 해줘.'

소년은 바로 고개를 끄덕였습니다.

'좋아! 시로우가 쓰는 이야기를 기다릴게!'

이 '약속'이 여자아이의 삶을 바꾸었습니다.

아버지의 회사가 스폰서를 했던 드라마가 끝나자 소년은 바쁘기도 해서 여자아이의 집에 오지 않게 되었습니다.

그래도 여자아이는 계속해서 이야기를 썼습니다.

몇 번이고 몇 번이고 고쳐 쓰며 하나의 작품이 완성되었을 무렵에 아버지의 회사가 스폰서를 맡은 드라마에서 소년이 재차 주역이 되었습니다.

이번에야말로 보여줄 수 있다——.

그렇게 기대한 여자아이는 아버지에게 소년을 데리고 와 달라는 부탁을 했습니다.

아버지는 알겠다고 대답했지만 약속은 이루어지지 못했습니다.

'미안하구나. 스케줄이 바빠서 데리고 오지 못했어.'

처음에는 어두운 표정으로 그렇게 말했을 뿐이었습니다. 그런 이유가 두 번 세 번 이어졌고.

'한동안 그 아이를 데리고 올 수는 없을 것 같구나.'

끝내는 아버지에게 그런 말을 들었습니다.

무척 기대하고 있던 여자아이는 큰 충격을 받았습니다. 착각이 심했던 여자아이는 멋대로 소년에게 미움을 받았다고 생각해서 소년을 크게 원망했습니다.

여자아이는 머지않아 알게 되었습니다. 그 마음이 '첫사랑'이었다는 것을.

여자아이는 소년에게 되갚아 주겠다는 생각을 가지게 되었습니다.

강해져서, 예뻐져서, 유명해져서, 소년에게 되갚겠다고. 그렇게 된 뒤에 돌아보아도 이미 늦었다고.

——최고로 좋은 여자가 되어서 나를 만나러 오지 않은 것을 후회하게 해 주겠어!

"난 바보야……. 아무것도 몰랐으면서……. 어째서 좀 더 일찍 말해 주지 않은 거야, 스짱……."

성장한 여자아이의 눈에서 눈물이 흘렀다. 눈물은 손안에 있는 직접 쓴 플롯에 떨어져 내렸다.

※괄호의 내용은 삭제해서 건넬 것.
──A선배는 '고백제'에서 자신의 차례가 되었을 때 S양을 향해 라이브로 노래를 부르며 춤을 출 예정.
('뉴군 댄스'라는 건 A선배에게 이미 승낙을 받아 놓음)
(그리고 그 정보가 밴드 멤버를 통해 그에게 누설되게 준비를 해 둠)
──주인공은 거기서 난입. 경쟁하듯 노래를 불러서 A선배를 뛰어넘음.
(A선배는 진지하게 겨루려는 모양. 하지만 예상대로 힘을 발휘하면 진짜인 주인공이 이김)
──주인공은 그 기세 그대로 S양에게 고백하고 S양은 주인공을 선택함.
(그건 거짓말이며, S양은 자신이 과거에 시로우라 불렸던 아이라는 것을 주인공에게 전하고 전교생 앞에서 호되게 차 버림)
(그래도 포기하지 않고 몇 번이고 고백을 해 오면…… 어쩔 수 없으니까…… 사귀어 줘도……)

거기서 여자아이는 조금 전부터 내용 일부를 수정하고 있었다.

──주인공은 그 기세 그대로 S양에게 고백하고 S양은 주인

공을 선택함.

(그건 거짓말이며, S양은 자신이 과거에 시로우라 불렸던 아이라는 것을 주인공에게 전하고 전교생 앞에서 호되게 차버림)

(그래도 포기하지 않고 몇 번이고 고백을 해오면…… 어쩔 수 없으니까…… 사귀어줘도……)

(역시 좋아해!)

"스짱, 좋아해……. 스짱, 좋아해……. 스짱, 좋아해……. 스짱, 좋아해……. 스짱, 좋아해……. 스짱, 좋아해……."

중얼거릴 때마다 가슴이 옥죄이며 눈물이 흘러내렸다.

"스짱, 역시 멋졌어."

가슴속에 담아두지 못한 마음이 언어가 되어 입 밖으로 흘러나왔다.

"스짱, 많이 힘들었을 텐데 변명 한마디 하지 않았어. 아무도 탓하지 않았어. 쓰러져 버릴 정도로 괴로워도 다시 도전하려고 했어. 나 같으면 그러지 못해. 옛날과 마찬가지로 눈부실 정도로 강해서…… 그렇게 원망하고 있었는데 나는 다시……."

예전에는 그 소년을 생각하는 것만으로도 행복했다. 하지만 지금은 소년을 생각하면 동시에 불안감도 느껴졌다.

'너희—— 듣고 있었어?'

스에하루와 헤어져서 양호실 밖으로 나왔을 때 문 앞에 있었던 건 스에하루의 친구인 카이 테츠히코, 그리고 스에하루의 소꿉친구인 시다 쿠로하였다.

쿠로하의 표정을 보고 여자아이는 깨달았다. 전부 알려졌다는 것을.

그래서 위협했다.

'시다 양―― 너에게는 지지 않을 테니까――.'

여자아이는 바로 그 자리를 뒤로했다. 고작 그것뿐인 위협으로 손이 떨리는 겁 많은 자신을 들키고 싶지 않았다.

쿠로하를 생각하면 여자아이는 냉정해지지 못했다.

자신보다 먼저 스에하루와 알고 지냈고, 자신보다 오래 곁에 있었고, 자신보다 사이좋게 지내 온 여자아이.

무서워서, 지고 싶지 않아서, 괴로워서, 머릿속이 엉망진창이 되었다.

"첫사랑은 저주 같아, 스짱――."

그리고 여자아이는 또다시 눈물을 흘렸다.

여자아이의 이름도 클로버를 연상하여 지어진 이름이었다.

클로버는 일본어로 '시로츠메쿠사(白詰草)'―― 여자아이의 이름은 카치 시로쿠사(白草)였다.

＊

몸 상태가 좋지 않아서 나는 결국 택시를 불러서 집으로 돌아갔다. 걱정된다는 이유로 쿠로하도 함께 타고 왔다.

저녁을 배달 음식으로 끝내려 하자 걱정한 쿠로하도 함께 먹는다고 말했다. 피자를 기다리는 동안에 나와 쿠로하는 거실에서 시로쿠사가 써 준 플롯을 읽었다.

"이거――."

내가 입을 떼자 쿠로하가 고개를 갸웃거렸다.

"으음, 카치 양 말인데, 하루가 아베 선배를 뛰어넘는 라이브 연기를 하면 고백을 받아 준다는 건가?"

"역시 그렇게 보이지……?"

어디까지나 플롯에서는 주인공이 A선배에게 이기는 것이 전제로 되어 있었다. 그게 가능할지 어떨지는 어려운 문제였지만 이기면 고백을 받아 준다는 건…… 반쯤 고백받은 거나 다름없지 않나?

"아니지~ 설마~ 그럴 리가~."

그렇게 생각하면서도 뺨이 느슨해지는 건 참을 수 없었다.

"혹시 시로쿠사는 나를 좋아한다거나……. 예를 들어 아베가 거짓말을 했다거나…… 맞아! 아베에게 협박을 받아서 사귀는 척하는 거야! 그거라면 앞뒤가 맞――."

"만약 그렇다면 하루는 카치 양에게 고백할 거야? 진심으로?"

"…………."

요컨대 그건 쿠로하와의 가짜 연인 관계를 끝낸다는 소리이기도 했다.

시로쿠사는―― 매력적이었다. 그런 애와의 관계가 지금 동경에서 손이 닿을 수 있는 곳으로 변해가고 있었다.

――그럼 너는 만능 도구상자와 동경하는 보물상자 중에서

어느 쪽을 가질 거냐?

 맞아, 나는——.
 "일단 하루야. 이 플롯 말인데, 걸리는 부분이 몇 군데나 있잖
아."
 "응? 어디가?"
 쿠로하가 한숨 섞인 목소리로 설명했다.
 "우선 카치 양이 어째서 아베 선배가 '고백제'에서 할 행동을
알고 있느냐는 점. 이런 건 보통 서프라이즈로 하지 않아?"
 "……그렇네."
 고백 전에 잠시 멘트를 할 시간이 마련되어 있는데 그때 자작
사랑 노래를 열창하는 겁 없는 남자가 매년 한 명 정도는 있었
다. 아베는 밴드 활동을 하고 있으니 멤버의 협력을 받아서 한
곡 부른다는 건, 진심으로 하는 고백이라면 오히려 당연한 행동
일 것이다.
 하지만 그런 거라면 서프라이즈가 효과적이었다. 시로쿠사가
알고 있어서는 안 될 정보였다.
 "하루의 말처럼 카치 양이 어떠한 사정으로 아베 선배와 억지
로 사귀고 있다면 이 플롯은 아베 선배를 때려눕혀 달라는 신호
로도 볼 수 있어."
 "오오! 그렇지?!"
 "그치만 아베 선배와 내통하고 있다고 생각하면 전교생 앞에
서 하루가 고백을 하게 만든 뒤 단호하게 차 버릴지도 몰라. 솔

직히 그쪽이 더 가능성 있어 보여."

"히익……! 호러냐! 전교생 앞에 구경거리로 내걸리는 거잖아?!"

"하루가 아베 선배를 이겨서 우쭐하고 있을 때 밑바닥으로 떨어트린다는 게 목적이라면 재미있는 발상……이라고 할까, 보통 지독한 게 아니야. 역시 소설가라고 해야 할까."

아니, 우스갯소리로 넘길 일이 아니라니까! 그런 짓을 당하면 재기 불가능이라고!

하지만 솔직히 아베라면 그런 짓을 해도 이상하지 않았다. 그래도 시로쿠사는 그러지 않으리라 믿고 싶었다.

"저, 저기 말이야, 카치가 예전에 내 팬이었던 건 확실해 보이니까 그렇게까지 심한 짓은 하지 않을 것 같은데……."

"팬이었다고 해도 옛날 일이잖아. 지금은 아베 선배가 최우선일지도 모르지. 여자란 남자친구가 생기면 그런 법이니까."

"으____."

지독한 파괴력을 가진 말이었다. 아무렇지도 않은 한마디였는데 간단하게 가슴을 후벼팠다.

그래도 나보다 쿠로하 쪽이 냉정하다는 건 틀림없었다. 독하지만 귀중하고 고마운 말이었다.

"……쿠로, 일단 내일 아베의 밴드 멤버에게 정말로 하는지 어떤지를 물어봐 주지 않을래? 남자인 내가 물어보면 이것저것 의심해서 말해 주지 않을 것 같으니까."

"그렇긴 하네. 좋아. 내가 물어봐 줄게."

"고마워. 하는 김에 곡명도 부탁할게."

나는 다시 한번 플롯을 읽어 보았다.

"아베가 노래를 부르는 게 사실이라고 한다면 승패를 정하기에 최고의 무대란 말이지."

아베를 한 방 먹이겠다는 목표를 세우고 있었지만 스포츠 이외에 명확하게 승패를 가리는 건 대단히 어려웠다.

그러나 아베가 시로쿠사에게 어필하기 위한 라이브를 내가 장악한다면 이보다 통쾌한 일은 없다. 확실하게 한 방 먹일 수 있겠지.

"……하루야, 옛날 앨범 있어?"

"느닷없이 무슨 앨범?"

"하루가 아역을 하던 시절의 앨범 말이야."

"있는데?"

"가져와 줄래?"

"……뭐, 상관은 없는데."

나는 2층에 있는 방으로 가서 책장에 있던 앨범을 챙긴 뒤 거실로 돌아가 쿠로하에게 건넸다.

"고마워."

말없이 앨범을 넘기던 쿠로하가 어떤 페이지에서 손을 멈췄다.

"——이거."

쿠로하가 손가락으로 가리킨 건 나와 기다란 앞머리로 얼굴을 반쯤 가린 소년과의 투샷 사진이었다.

"와, 오랜만이네! 시로우잖아!"

"시로우?"

"방에만 틀어박혀 지내던 애인데, 내 팬인 모양이라 스폰서인 자기 아버지에게 부탁해서 몇 번인가 만났었어. 얌전한 녀석이 었는데 박식하고 책도 빌려주기도 하던 좋은 녀석이었지. 이야기를 쓸 테니까 내가 주역을 해 줬으면 좋겠다고 했던가. 당시엔 꽤 기대했는데 말이야. 은퇴해버려서 이후로는 못 만났어. 잘 지내려나. 머리카락은 덥수룩했지만 얼굴은 무지 단정했으니까 지금쯤 중성적인 미남이 되었을지도 모르겠는걸."

"……그렇구나, 그런 거였어."

쿠로하가 조용히 앨범을 덮었다.

"응? 근데 뭐 한 거였어?"

"딱히?"

"딱히, 라니……. 뭔가 무진장 무서워 보이는데?"

"……딱히?"

딱히, 라는 말이 이렇게 무섭게 느껴진 건 처음이었다.

더 할 말 없다는 태도의 쿠로하에게서는 이 이상 캐물으면 절망을 체험시켜주겠다고 말하는 듯한 압력이 발산되고 있었다.

"──그래서 하루는 카치 양의 플롯대로 할 거야?"

"그러게. 플롯대로 할 거면 우선은 아베가 라이브를 하는지 확인해 둬야겠지. 그리고 테츠히코의 차례가 없을 테니까 승낙도 받아내야 하고. 그래도 그 부분을 처리할 수 있으면 솔직히 해보고는 싶어."

"카치 양이 고백을 받아 줄지도 모르니까?"

쿠로하의 표정이 어두워졌다. 쿠로하가 가장 묻고 싶었던 건 이거였나.

"내가 해보고 싶다고 생각한 건 이 기획이 재미있어 보이기 때문이야. 복수하기에 최고의 기획이니까."

"동경하는 여자애가 마침내 돌아봐 줄지도 모르는데 그렇게 엉망진창으로 만들어도 돼?"

"……저기, 쿠로야. 들어줬으면 하는 말이 있어."

나는 결심을 하고 입을 열었다.

"──싫어, 듣고 싶지 않아."

쿠로하는 무언가를 깨달았는지 등을 확 돌렸다.

"그럼 그대로 들어줘. 나 말이야──."

"아아~! 아아~! 전파 수신 중! 전파 수신 중!"

"쿠로야…… 좀…….""

쿠로하가 귀를 양손으로 막으며 웅크리고 앉아 버렸다.

꼴사나워 보일 정도로 저항하는 건 분명 착각을 하고 있기 때문이다.

"싫어…… 어차피 역시 카치 양을 좋아하니까 거짓으로 사귀는 건 관두자고 할 거잖아……? 나도 다 안단 말이야…….""

울음 섞인 목소리로 쿠로하가 말했다. 그 애처로운 모습에 가슴이 옥죄여졌다.

"아, 역시 착각하고 있네."

나는 쿠로하의 뒷머리에 꿀밤을 먹였다.

"아얏!"

"앞으로 방과 후에 테츠히코와 집에서 특훈을 할 테니까 집에서 만나는 건 잠시 그만두자는 것뿐이야. 그리고 특훈을 너에게 보여 주고 싶지 않으니까 도와줄 필요도 없다고 말하려 했어."

쿠로하가 주눅이 든 얼굴로 나를 올려다보았다.

"그 말은 카치 양에게 좋은 모습을 보이고 싶으니까 내가 보고 있으면 방해가 된다는 거야?"

"아니거든. 너 원래부터 내가 연기하는 거 반대했었잖아. 아마 지독한 꼴이 될 텐데 네가 보고 있으면 막을 거 아냐. 그래서 테츠히코만으로 충분하다는 것뿐이야."

"……그렇구나. 알았어. 나도 하루를 믿고 있을게."

그렇게 말하며 쿠로하가 웃었다.

그 웃는 얼굴을 보고 나는—— 이번에는 이마에 꿀밤을 먹였다.

"아얏! 아까부터 아프잖아——."

"못 믿겠으면 웃지 않아도 돼."

쿠로하는 우등생 같은 착한 아이였다. 그래서 주변 사람들을 배려해 거짓말을 한다.

하지만 오래 알고 지낸 나는 알 수 있었다. 지금의 쿠로하는 나를 믿을 수가 없어서 울고 싶어 하고 있었다.

"……바보야."

쿠로하는 내 가슴에 이마를 대더니 그대로 나를 주먹으로 몇 번이나 때렸다.

"바보야! 바보야! 바보야!"

"……너한테는 언제나 걱정만 끼치네."

"그래서 바보라는 거야!"

한동안 마음대로 하게 내버려 두니 지친 쿠로하가 양손을 축 늘어뜨리며 중얼거렸다.

"나는 전부터 말했다시피 하루가 연기를 하는 건 반대하지만 조언은 해 줄게."

"응? 어떤 조언?"

"하루는 있지, 아마 연기를 할 수 있을 거야. 두 가지만 신경 쓰면."

"두 가지……?"

나에 관한 모든 것을 알고 있는 소꿉친구는 내 가슴에 이마를 댄 채 말했다.

"하루는 지금 어머니의 일이 트라우마가 되어 연기를 할 수 없는 건데, 그런 트라우마를 지닌 인물을 연기한다고 인식하면 돼."

"평소의 나를 연기 중인 것처럼 생각하라는 거야……?"

"하루는 연기할 때 변신하는 느낌이라고 했었지? 어릴 때는 1단계 변신으로도 괜찮았지만 고등학생이 되었으니 2단계 변신이 필요하다는 느낌이려나?"

"그렇구나……!"

공백도 있어서 역할에 몰입하지 못하는 것이 문제였다. 그러나 지금 시점에서 연기 중이라고 생각하면 심리적인 허들이 내려간다.

0에서 1이 되는 건 힘들다. 하지만 1에서 2가 되는 건 간단했다. 곧잘 있는 일이었다.

"그리고 다른 한 가지 조언은 말이지——."

쿠로하가 고개를 들었다.

눈물로 젖은 뺨을 닦으려고도 하지 않고 성모와 같은 미소를 지은 채 내 뺨을 상냥하게 쓰다듬었다.

"누구를 위해서 연기하고 싶은지를 생각해 봐. 그렇게 할 수 있으면 하루는 분명 트라우마를 극복할 수 있을 거야."

"연기를, 누군가를 위해서……?"

"응. 그럴 게 하루가 연기를 시작한 건 어머니를 위해서잖아? 처음에는 극단에 들어가서도 전혀 즐겁지 않다고 했었잖아."

"그랬던가……?"

"응, 그랬어. 나는 기억하고 있는걸."

쿠로하는 기억력이 좋았다. 쿠로하가 그렇게 말한다는 건 내가 기억하지 못하고 있을 뿐이다.

"좋은 연기를 하면 어머니께서 기뻐하시니까 계속하고, 유명해진 뒤에도 언제나 어머니께서 좋아해 주셨다는 말만 했었잖아. 결국 말이야, 하루는 누군가를 위해서 연기를 해야 하는 걸지도 몰라. 아까 무대 위에서 쓰러진 것도 결국 자기 자신을 위해서 연기하려고 했으니까 트라우마에 졌다고 생각해. 그치만 말이지, 아마 누군가를 위해서라면 괜찮을 거야. 그런 자기희생 정신 같은 부분을 하루는 가지고 있어."

그 말을 듣고 떠올랐다.

'엄마! 어때? 연기 잘했어?'

'응, 아주 좋았단다.'

'헤헤, 그렇지?'

그랬었지, 나는 엄마가 기뻐해 줬으면 해서 연기를 했었다. 듣기 전까지 완전히 잊고 있었다.

쿠로 녀석 엄청나잖아. 본인이 이해하지 못한 부분까지 꿰뚫어 보고, 잘 풀리면 자신이 차일지도 모르는데 아낌없는 조언도 해 주고…… 너무 좋은 녀석이다.

"고마워, 쿠로야."

"아니야, 별말씀을."

벨이 울렸다. 피자가 도착한 것이다. 나가요, 하며 쿠로하가 서둘러서 현관으로 걸어갔다.

그 뒷모습을 보면서 나는 어떤 결심을 굳히고 있었다.

그렇게 열흘이 지났고——축젯날이 찾아왔다.

그 네 번째
첫사랑 복수 완료

*

나는 지난 열흘 동안 줄곧 생각하고 있었다. 어째서 첫사랑이란 특별한 걸까 하고.

애초에 처음이란 특별했다.

과학적인 새로운 발견은 훈장을 받기도 하고 일출도 첫 일출이면 기념할만한 날이 되었다.

처음이란 사랑뿐만이 아니라 어떤 일에서라도 특별해지기 쉬웠다. 그리고 사랑은 많은 이야기에서 나오듯이 인생 중에서도 특별한 일처럼 인식될 때가 많았다.

특별에 특별이 더해지니 특별한 일 중에서도 특별한 일이 된다. 첫사랑이 중대한 건 역시 당연한 일일지도 모른다.

"여, 스에하루. 준비는 문제없냐?"

학교 축제답게 장식된 교문. 그 정문 앞에 자리 잡은 건 기합이들어간 글자로 적힌 간판으로, 매년 축제마다 사용되는 학생회소유의 유서 깊은 물건이었다.

"뭐, 그렇지."

그런 교문을 나는 테츠히코와 함께 통과했다.

오늘은 하루뿐인 학교 축젯날. 이곳 호즈미노 고등학교에서는 '고백제' 때문에 독특한 분위기가 흘렀다.

어딘가에 들떠 보이는 이가 있다면 그건 분명 고백하려는 남학생이다. 전교생 앞에서 구경거리가 되더라도 밀어붙일 각오를 다지는 중인 것이다.

그런 남학생을 건드려서는 안 된다. 그저 마음속으로 응원만을 보낼 뿐. 그들이야말로 축제의 주역이니까.

"……어라."

이건 우연일까, 아니면 필연일까. 마침 친구와 대화를 끝낸 아베와 눈이 마주쳤다.

아베가 산뜻한 미소를 지으며 말했다.

"바레기 콤비 두 사람이잖아, 안녕?"

"……? 바레기 콤비……?"

내가 머릿속에 의문부를 띄우고 있으니 테츠히코가 앞으로 나섰다.

"안녕하세요, 쓰레기 담당인 카이 테츠히코입니다. 선배님이 스에하루뿐만이 아니라 저까지 알고 계시다니 영광인데요."

"쓰레기 담당이 대체 뭐야?! 설마 '바'는 바보라서 내가 바보 담당이냐?!"

테츠히코가 눈을 끔뻑이더니 한숨을 내쉬었다.

"뭐야? 몰랐어?"

"설마 그 콤비명 유명한 거야?"

그렇게 묻는 나를 보며 아베가 피식 웃었다.

"아는 사람은 극히 일부야…… 이 도시 사람 중에서는."

"에둘러서 말하지만 교내에서는 엄청나게 유명하단 거잖아?!"

"어라, 깨달았어? 다행이네, 그걸 깨닫지 못할 정도로 바보는 아니어서."

"좋겠네, 바보 담당. 선배가 칭찬해 주잖아."

친한 듯이 어깨를 두드리는 테츠히코의 손을 쳐내고 나는 머리를 부여잡았다.

"그만 좀 하지?! 난 너처럼 강철 멘탈이 아니어서 무진장 침울해진다고!"

"포기해—— 이게 현실이니까."

"뭐라고?! 안 들리는데?! 그딴 현실은 없어!"

현실에서 눈을 돌리려는 나를 아베가 가늘어진 눈으로 내려다보았다. 그 깔보는 듯한 시선에 마음속에서 분개의 불길이 타올랐다.

"후후, 그렇게 계속 현실 도피를 하고 있든가. 응, 그렇지, 그게 너에게는 나을지도 모르겠어."

"뭐라고?!"

"그럴 게 오늘은 더욱 현실에서 도망치고 싶어질 일이 있을 테니까. 네가 봐 줬으면 하지만 나도 그렇게까지 나쁜 놈은 아니거든. 늦기 전에 꼬리를 말고 도망치는 게 현명할 거야."

교문 쪽에서 여학생이 걸어왔다. 아베는 이야기가 들리면 인기가 떨어지리라 생각했는지 나에게 다가와서 귓가에 대고 속삭였다.

"돌아갈 거라면 지금이 기회야, 바보 담당 군——."

보통 우습게 보는 것이 아니었다. 표면상으로는 산뜻해 보이니까 더욱 질이 나빴다.

아…… 이 기분을 뭐라고 하면 좋을까.

……아, 그렇지. 이게 좋겠다. 이렇게 말해 주자.

나는 속삭인 뒤에 그대로 지나치려고 하는 아베의 손목을 붙잡아서 몸을 비틀어 억지로 이쪽을 보게 했다.

"아베 선배님."

조금 전까지 당하고만 있었던 앙갚음을 하기 위해 최대한 깔보는 시선으로 삼류 악당처럼 혜실거리며 업신여겼다.

"오늘의 '고백제'를 기대하세요. ──그 낯짝을 구겨줄 테니까."

내 손을 뿌리친 아베가 입술을 할짝 핥았다.

"그건 내가 할 말이야. 과거의 천재 아역 배우 마루 스에하루 군."

아베가 냉소를 지으며 자리를 떴다.

내가 아베의 등을 노려보고 있으니 테츠히코가 내 어깨에 팔꿈치를 올렸다.

"스에하루, 이거 질 수 없겠는데."

"당연하지. 처음부터 질 생각은 없었거든."

그렇게 나의 축제가 막을 올렸다.

*

'고백제'는 축제의 마지막—— 폐회식 프로그램의 일환으로 개최된다. 그렇기에 전교생이 확실하게 보는 것이다.

참가 희망자는 폐회식 30분 전까지 학생회실에 집합해야 한다.

사전 신청 같은 건 필요 없었다. 무턱대고 참가해도 괜찮았다.

학생회실은 축제 동안 검은 커튼으로 창문을 가려놓기 때문에 몰래 들어가면 누구도 깨닫지 못한다.

폐회식 때 '어라, 그 녀석 안 보이는데?' 하고 이야기를 나누었더니 몰래 고백제에 참가하고 있었다는 건 매년 자주 있는 패턴이었다.

희망자는 학생회실에서 이름과 반을 써 두는데 이건 학생회가 준비한 사회자가 사회를 볼 수 있게 제출하는 것이었다.

그밖에는 비고란이 있어서 하고 싶은 것을 기재할 수 있었다. '고백제'를 담당하는 학생회 임원은 희망 사항을 최대한 들어주려고 노력한다. 한 사람당 제한 시간은 일단 5분 정도였고 그 시간 안에 할 수 있는 것이라면 기본적으로는 뭐든지 상관없었다.

다만 그렇다고는 해도——.

"솔직히 그때까지는 한가하단 말이지…….."

"흐음, 하루야, 한가하구나…….."

내가 창가에서 밖을 바라보고 있으니 미니 기모노 차림의 쿠로하가 관자놀이에 핏대를 세우며 중얼거렸다.

"지금 주문이 다섯 개 들어왔는데 안 보이는가 봐……?"

"죄송합니다. 바로 만들겠습니다."

나는 황급히 커피콩을 갈기 시작했다.

우리 반인 2-B는 반 행사로 '전통 카페'를 하고 있었다.

매년 축제에서는 코스튬 플레이 카페나 메이드 카페처럼 여자들을 이용해서 인기를 끌어모으는 반 행사를 하는 곳이 많았다. 하지만 그러한 반 행사는 남녀 간의 불화를 깊어지게 해서 결과적으로 남자들이 큰 타격을 입는 것도 드문 일이 아니었다.

거기서 우리 반 남자애들이 지혜를 모아서 제안한 것이 '전통 카페'였다.

전통이 콘셉트여서 여자들에게 코스튬 플레이를 강요하지도 않는다. 남자들도 제대로 전통 복장을 하고 여자 손님을 모은다는 이야기를 하자 여자애들도 찬성해서 드물게 대립하지 않고 결정되었다.

그러나 우리 반에는 쓰레기 대표인 카이 테츠히코와 비열한 남자애들이 그득했다.

그 결과로 남모르게 여자애들의 복장이 미니 기모노로 통일되었고 오늘이라는 축젯날을 맞이했다.

봐 주길 바란다. 이 눈부신 허벅지의 향연을.

메이드복 따위는 상대도 되지 않는다. 메이드복은 기본적으로 롱스커트여서 허벅지가 보이지 않으니까. 남자들이 준비한 기모노는 무릎 위 10센티미터 이상의 명품이었다. 노출도로는 미니 기모노의 압승. 요컨대 우리 남자들의 승리였다. 덕분에 반 행사는 대성황이었다.

"시다 양! 사진 부탁합니다!"

"미안해~. 사진은 전면 금지하기로 했어. 원래는 가능하게 할 예정이었는데…… 우리 반 남자애들의 의상 선정이 제정신이 아니어서……."

"힉!"

사진을 부탁한 손님이 작게 비명을 질렀다. 그 남학생은 아마 옆 반의 테니스부원이었을 텐데…… 그렇군, 쿠로하의 무서움을 몰랐나. 좋은 교훈이 되었겠지.

"정말 너무하지?! 우리는 안 된다고 했는데 마루가 하라고 해서……."

"맞아맞아, 나는 막았다고! 하지만 마루가 밀어붙여서——."

내 옆에서 음료를 담당하는 남자애들이 서로를 보며 고개를 주억거렸다.

나는 두 손으로 각각 두 사람의 목을 졸랐다.

"뭐 임마? 왜 내 탓으로 몰고 가는 건데. 자기들만 책임을 회피하지 말라고."

남자애 둘은 미간에 주름을 잡더니 내 손을 쳐내고 박치기를 할 듯한 기세로 얼굴을 가져다 대며 노려보았다.

"뭐? 야 이 바보야. 벌써 까먹은 거냐?"

"너 맨날 볼일 있다고 준비 빼먹었잖아!"

"그래서 네가 모든 책임을 지기로 했잖아! 뭐, 네가 승낙한 덕분에 우리 반의 에이스인 시다 양이 어쩔 수 없다며 긍정적으로 생각해 줘서 전부 잘 풀리게 되었지만."

"시다 양이 다른 여자애들을 설득해 주지 않았다면 대부분이 보이콧을 했을 거라고! 감사하게 생각해!"

"알았냐?! 자기 역할 정도는 제대로 하라고, 이 멍청아!"

이, 이 자식들 진짜 쓰레기 같잖아…… 내가 없었다고 멋대로 책임을 떠넘기다니……!

그나저나 그렇게 된 거였군. 쿠로하가 내 범행이기에 용서해 줘서 성공으로 이어진 건가. 쿠로하는 사교적이고 인망도 있으니까 말이지.

그렇다면 내가 어느 정도 죄를 뒤집어쓰는 것도 어쩔 수 없다는 마음은 있지만——.

"아니, 근데 정말로 내가 모든 책임을 지는 것을 승낙했다는 말은 금시초문인데."

"바보야. 카이가 승낙을 받아냈다고 했거든?"

"……좋아, 범인이 밝혀졌군."

테츠히코오오오오! 그 쓰레기 같은 놈이……!

"야, 테츠레기 지금 어딨어?!"

"그 녀석 두 번째 그룹이니까 있을 리가 없잖아."

반 행사는 세 개의 그룹으로 나뉘어서 각각 두 시간씩 담당하고 있었다.

나는 열 시에서 열두 시까지인 첫 번째 그룹으로 쿠로하도 마찬가지였다. 아무래도 테츠히코는 두 번째 그룹인 모양이었다.

그리고 시로쿠사는—— 호오…… 세 번째 그룹이었나.

……뭐, 대사가 필요 없는 플롯이었던 것도 있어서 플롯을 받은 뒤로 시로쿠사와는 이야기를 몇 마디 나눈 정도고 민감한 화

제는 꺼내지 않았지만? 그래도 같은 반이니까? 모처럼이니 잠시 들여다보러 올까 싶기도?

"하루야! 빨랑빨랑 손을 움직여!"

"알았다니까!"

쿠로하의 지휘로 모두가 움직이고 있었다. 나는 카운터 안쪽에서 접객하는 쿠로하를 바라보았다.

일부를 땋은 단발을 휘날리며 기민하게 움직이는 모습에선 부지런한 쾌활함이 느껴져서 보고만 있어도 시원시원하게 느껴졌다. 작은 동물 같은 쿠로하에게는 분홍색 기모노가 잘 어울려서 다른 여자애들보다 훨씬 귀여웠다. 당연히 손님들이 가장 많이 부르는 점원도 쿠로하였다.

내 소꿉친구지만 무시무시하게 높은 스펙이었다. 소꿉친구가 아니었다면 감히 말도 못 붙일 수준이겠지.

"쿠로야, 자. 커피 석 잔."

"응."

쿠로하가 카운터로 커피를 받으러 왔다.

카운터에 도착한 쿠로하는 148센티미터의 키로 발뒤꿈치를 들더니 내 귓가에 입을 가까이했다.

"그래서 어때? 어울려?"

히히, 하고 치아를 보이며 웃었다.

나는 고개를 돌리며 말했다.

"솔직히 말하자면…… 무진장 귀여워."

"앗, 응…… 그렇게 돌직구로 말하면 좀 쑥스러운데…….."

젠장, 이 녀석 엄청나게 귀엽잖아.

그런데 나는 이런 애를 찼을 뿐만이 아니라 사귀는 척까지 하게 만들었다. 자연스럽게 죄악감이 들었다.

하지만 그것도 오늘로 일단락 지어진다. 애매한 관계도 얼마 남지 않았다.

"마~ 루~ 군~! 사귄다고 교실 안에서 애정행각을 하는 건 금지거든요?!"

"유죄! 유죄!"

"이 철면피! 조직에 넘겨 버린다!"

쿠로하가 접객을 하러 멀어지자마자 남학생들에게 에워싸여서 연행되었다.

아니, 진짜 우리 반 과격파가 너무 많은 거 아냐?

도망치거나 받아넘기거나 반격하는 사이에 두 시간이 지나서 첫 번째 그룹의 담당 시간이 끝이 났다.

"수고가 많구만."

교대하러 온 테츠히코가 손을 들었다.

"빨리 벗으라고. 그 옷 다음에 내가 입어야 하니까."

나는 테츠히코에게 아이언클로를 먹였다.

"이보쇼…… 여자애들의 의상을 선택한 게 전부 내 탓이 된 건에 대해서 할 말이 있다만……."

"그보다 밖을 보라고. 널 만나러 왔다는 녀석이 있는데."

"뭐?"

테츠히코가 엄지로 가리킨 곳은 자전거 주차장이었다.

우리 반인 2-B는 2층에 있었고 자전거 주차장은 창문 바로 아래였기에 한눈에 볼 수 있었다.

그곳에 모자를 깊게 눌러쓴 소년이 서 있었다. 얼굴이 일부 가려져 있었지만 생김새가 무척 단정하다는 것은 알 수 있었다. 왕자님 같은 아베나 날라리인 테츠히코와는 같은 미남이라도 방향성이 달랐다. 중성적인 미남자라 해도 괜찮을 것이다.

누구인가 싶었다. 하지만 버려진 강아지 같은 눈은 낯이 익었다.

소년은 나와 눈이 마주치자 나를 바라보며 전화를 걸었다.

내 핸드폰이 울렸다. 뭐지, 테츠히코가 내 전화번호를 멋대로 가르쳐 준 건가?

불만스럽게 생각하면서도 나는 수수께끼의 전화를 받았다.

"여보세요, 너 누구야?"

"오래간만이야…… 스짱."

벌써 몇 년이나 듣지 못한 호칭이었다. 머릿속을 뒤적여본 나는 찾아낸 기억에 보정을 걸어서 겨우 어떤 이름을 도출해냈다.

"혹시 너…… 시로우야?"

그러자 시로우가 충견처럼 활짝 미소 지었다.

"……맞아. 용케 알았네, 스짱. 기쁜데."

내가 아역을 하던 시절에 팬이라고 했었던 스폰서의 아들이었다. 그리고 예전에 사이좋게 논 적이 있고, 저 애가 쓴 이야기를 언젠가 내가 연기하겠다고 약속을 한—— 그런 그리운 친구였다.

6년 만의 재회였다.

"설마⋯⋯."

쿠로하의 안색이 변했다.

"하루야, 잠깐만──."

"자자, 거기까지."

뻗으려고 한 쿠로하의 손을 테츠히코가 붙잡았다.

"잠시만 지켜보지 않겠어? 어떻게 될지 궁금하거든."

"테츠히코 군⋯⋯ 넌 어디까지 알고⋯⋯."

그런 둘의 대화를 알지 못한 채 나는 재회의 기쁨으로 목소리를 높였다.

"오랜만이네! 잘 지냈어?! 모처럼 왔으니까 올라와! 우리 반의 전통 카페, 남자애들은 쓰레기뿐이지만 여자애들의 의상은 최고라고!"

"아니, 그게 사람이 많은 곳은 좀⋯⋯ 가능하면 눈에 띄지 않는 곳에서 이야기하고 싶은데⋯⋯."

그러고 보니 시로우는 예전에 은둔형 외톨이였다. 은둔형 외톨이 생활에서 탈출한 건지는 모르겠지만 중성적인 미남이니까 주목을 받기 쉬웠다. 올라오지 못하는 것도 어쩔 수 없나.

"⋯⋯미안. 내 생각이 짧았네. 그럼 그대로 교사로 들어와서 가장 위층까지 올라와 줘. 3층의 위층은 옥상인데 문을 닫아놔서 아무도 안 올 거야."

"응, 알았어."

전화가 끊어졌다.

친구와의 재회로 들떠 있던 나는 서둘러서 옷을 갈아입고 의상을 테츠히코에게 넘겼다.

　"받아. 그리고 테츠히코, 멋대로 내 전화번호를 알려주지 말라고. 옛날 친구여서 다행이지 이상한 녀석이었으면 어쩔 건데."

　"아니, 나는 안 알려줬는데."

　"응?"

　무슨 의미야? 뭔가 트릭 같은 건가? 테츠히코가 직접 알려주지 않았을 뿐 누군가를 통해서 전화번호를 알려 줬다거나.

　뭐, 아무래도 좋다. 그보다 익숙지 않은 장소에 온 시로우를 기다리게 할 수는 없었다.

　나는 교실을 나서서 옥상으로 이어지는 계단을 올라가기 시작했다. 옥상은 봉쇄되어 있었고 옥상으로 나가는 문 앞의 공간은 창고처럼 이용되었다. 누군가가 온다고 한다면 그곳에 방치된 책상을 이벤트에서 쓰려고 가지러 온 학생회 임원 정도겠지.

　내가 기다리고 있으니 시로우가 계단을 올라왔다.

　"오, 진짜로 시로우잖아."

　봉쇄된 옥상 앞이라는 어두운 장소인 탓에 얼굴은 확실하게 보이지 않았지만 윤곽과 분위기가 기억과 겹쳐졌다.

　시로우는 계단 층계참에서 멈춰 서더니 눈가를 모자로 가린 채 중얼거렸다.

　"오랜만이지, 스짱."

　……어라? 시로우가 이 정도로 말했던가?

파카에 긴 바지라는 편한 차림새인 건 그렇다 치고, 손목과 발목도 가늘고 머리도 작았다.

시로우가 움직이지 않아서 나는 계단을 내려가며 다가가려고 했다.

"스짱, 멈춰."

하지만 그렇게 시로우가 제지했다.

"왜 그래?"

"……저기, 너무 오랜만이라 뭔가 긴장을 해 버렸거든. 이 성도 거리를 두고 이야기하고 싶어."

이상한 소리를 하는 녀석이었다. 지금도 은둔형 외톨이인가?

뭐, 상관없겠지. 사람에게는 여러 가지 사정이 있는 법이다. 거기에 이야기만 하는 거라면 이 정도 거리로도 문제는 없었다.

"그나저나 잘 왔어. 고마워. 기쁘네."

"아……."

그 말을 듣고 시로우의 표정이 환해졌다.

"……응, 그렇게 말해 줘서 다행이야. 어쩌면 잊었거나 방해된다고 할지도 모른다고 생각했거든."

"아니, 그럴 리가 없잖아."

"하지만 스짱은 연기자를 그만뒀고 나를 만나러 와 주지도 않았으니까…… 그래서 잊었거나 나를 싫어하게 되었다고 생각했어."

"아……."

나는 자신의 이마를 찰싹 때렸다.

"미안했어. 딱히 너를 싫어한다거나 잊은 건 아니었어."

"그럼…… 어째서?"

나는 간단하게 어머니가 돌아가신 사고에 대해 알려줬다.

"그렇게 어떻게든 드라마는 끝까지 찍었지만 그 뒤로 나는 연기를 할 수 없게 되어 버렸어. 너는 내 팬이었다고 했었으니까 뭐라고 할까, 미안하다고 할지, 볼 낯이 없었다고 할지. 너희 부모님이 스폰서였으니까 너희 집에 가면 복귀를 권할지도 모른다고 생각해서 가기 힘들었던 것도 있었지만…… 아니, 이건 변명인가. 네가 이야기를 쓰고 내가 연기를 한다는 약속도 있었는데 말이야…… 어?"

시로우가 울고 있었다.

본인은 깨닫지 못한 것일지도 모른다. 크게 뜬 눈으로 나를 바라본 채 굵은 눈물방울을 흘리고 있었다.

"약속을 기억해 주었구나……."

"응……?"

작은 목소리여서 듣지 못했기에 내가 그만 목소리를 높이자 시로우가 황급히 소매로 눈물을 닦았다.

나는 민감한 이야기를 해 버렸나 싶어서 화제를 바꿨다.

"저, 저기 말이야! 너는 그동안 어떻게 지냈어? 학교는 다니고 있어?"

시로우는 손수건으로 천천히 눈물을 닦은 뒤에 살짝 고개를 숙인 채 말했다.

"……응. 스짱과 못 만나게 되고 나서 얼마 후에 다시 다니기 시작했어."

"따돌림은 안 당했어?"

"따돌림당했어."

"저, 정말로?! 괜찮았어?!"

"응, 괜찮아. 더는 지지 않았어. 다음에 스짱과 만날 때까지 강해지겠다고 결심했었으니까."

내가 그런 영향을 주었다는 것이 좀처럼 믿기지 않았다. 과거의 나는 지금의 평범한 나와는 다르게 상당히 대단한 녀석이었던 모양이다.

"정말 잘됐네! 가장 기쁜 소식이야!"

"따돌림당하지 않게 빈틈을 없애려고 했어. 그래서 공부를 했고, 운동도 못 했지만 노력했지…… 그랬더니 운동도 할 수 있게 되었어. 하지만 무엇보다 가장 노력한 건 이야기를 쓰는 것이었어. 스짱을 따라잡고 싶어서 계속 노력해 왔고…… 그리고 작년에 마침내 인정을 받았어."

"인정을 받았다고……? 혹시 소설가로 데뷔라도 한 거야……?"

시로우가 조용히 눈을 내리깔았다.

"……응, 뭐, 그런 느낌이야."

"대단하네! 제목이 뭐야?"

"…………"

시로우는 눈을 내리깐 채 대답하지 않았다. 망설이며 무언가 말하려 하다가 관두고, 그렇게 두 번 정도 반복한 뒤에 겨우 입을 열었다.

"줄곧 스짱을 따라잡고 싶었어."

"……그, 그랬구나."

"줄곧 스짱에게 인정을 받고 싶었어."

"……그, 그랬어?"

"노력하고…… 노력하고…… 공부하고…… 갈고닦아서……
예쁘다는 말을 들을 수 있게 연구해서……."

"……응? 예쁘다고……?"

고개를 갸웃거린 순간, 시로우가 나를 매섭게 흘겨보며 모자
를 세차게 벗었다.

길고 아름다운 흑발이 허공에서 춤췄다.

……어째서 깨닫지 못한 걸까.

지금 생각해보면 옛 모습이 남아 있었다. 그리고 분위기가 닮
아 있었다.

시로우는 소심한 성격이었다. 하지만 때때로 강한 척하며 다
른 사람이 다가가지 못하게 하는 분위기를 낼 때가 있었다.

그런 시로우가 강한 척할 때의 분위기와———'카치 시로쿠
사'의 분위기는 똑같았다.

"어라? 시로우…… 어?! 카치……?!"

"그래. 내가 시로우야. 내가 아버지에게 시로라고 불렸던 것
을 스짱이 잘못 듣고 시로우라고 부르기 시작했어. 시로우의
시로는 시로쿠사의 시로. 줄곧 만나고 싶었어, 스짱. ……하지
만 실은 이미 만났었어."

머릿속이 새하얘졌다.

나는 정말 바보다. 여자애를 남자라 착각하고 있었다니. 게다가 그게 시로쿠사였다니.

"스쨩, 나…… 아쿠타미상을 받았어. 스쨩이 연기해줄 만한 이야기를…… 쓸 수 있게 되었어. 어때? 나, 예뻐졌어? 남자로 보였던 게 분하고 스쨩에게 인정을 받고 싶어서 정말 노력 많이 했어. 나 말이야, 잡지에 실리는 화보 촬영을 할 정도가 되었어. 알아?"

"다, 당연하지……."

말 한 마디 한 마디가 가슴을 찔렀다.

고작 한마디── 그러나 그 한마디에는 쌓아 올려온 막대한 노력이 담겨 있었다. 몇 년 동안이나 견뎌내며 한결같이 갈고닦은 땀의 냄새가 섞여 있었다.

"나 말이야, 스쨩에게 칭찬을 받고 싶어서 같은 학교에 가기로 했어. 하지만──."

내 기억에는 없었다. 하지만 시로쿠사에게는 있었겠지.

내가 쿠로하와 웃으며 하교를 하려고 한다. 기다리고 있던 시로쿠사는 깨달아 주길 바라며 정면에 서지만── 나는 그대로 옆을 지나치고 만다.

분명 그런 광경이 있었을 것이다.

"──슬펐어."

나는 죄악감에 무의식적으로 고개를 숙이고 있었다.

"미안해…… 전혀 몰랐어……."

"……아니야, 괜찮아."

눈물로 젖은 뺨을 닦으며 시로쿠사가 살포시 웃었다.

"그럴 게 어쩔 수 없었던 거니까. 스짱이 아역을 그만둔 것도, 나를 몰라본 것도, 전부 어쩔 수 없는 일이라는 걸 알았으니까. 최선을 다했지만 운이 없었을 뿐이라면 후회는 하지 않아. 무정한 신에는 화가 나지만 그래도 용서하고 말았어. 약속을——기억해 줬으니까."

시로쿠사의 미소와 시로우의 수줍은 얼굴이 겹쳐졌다.

그 표정은 무척이나——귀엽고 예뻤다.

두근, 두근, 하고 고동이 격렬해졌다. 한 번은 포기하고 복수로 불탔던 마음에 또 다른 불꽃이 피어올랐다.

안 된다는 것을 알지만 마음을 억누를 수가 없었다. 마음이란 원래 합리적이지 않은 것이었으니까.

"있지, 스짱. 나 말이야, 앞으로도 스짱이라 불러도 될까?"

"어?"

"지금까지는 스짱이 기억하지 못한 것 같아서 고집스럽게 '마루 군'이라고 불렀지만 역시 나에게 스짱은 스짱이니까."

"그, 그래, 물론이지."

얼음 미녀라는 소리까지 듣는 시로쿠사에게 이런 친근한 말을 들으니 오히려 쑥스러워졌다.

"하지만 나를 시로우라고 부르는 건 그만해 줄래? 여자애라는 걸 알았으니까."

"그야 그렇지. 그럼 뭐라고 부를까?"

"——시로."

시로쿠사가 즉시 말했다.

"나는 시다 양이 쿠로라고 불리던 게 줄곧 거슬렸어."

"뭐?"

방금 뭔가 엄청나게 무서운 말이 들린 것 같은데…….

"그 애가 쿠로라면 나는 시로라고 불려도 되잖아. 그렇게 생각했었으니까 시로라고 불러줬으면 해."

"그, 그래…… 알았어! 그럼 앞으로는 시로라고 부를게!"

"응, 그렇게 불러줘, 스짱."

우와, 무진장 귀엽다.

하지만 뭔가 무서운 부분을 봐 버린 기분도 들고, 무엇보다도 모두가 무서워하는 시로쿠사를 시로라고 부르면…… 나는 대체 어떻게 되려나.

"그런데 말이야, 카치…….."

"시로."

무심결에 입에 담은 이름을 즉시 지적당했다.

하지만 무섭지는 않았다. 오히려 귀여웠다. 뺨을 부풀리며 언짢다는 것을 노골적으로 드러내고 있었다.

이 애는 원래 얼음 미녀로 통하고 있었다. 그런데 이 차이는 뭘까. 시로쿠사는 혹시 친하게 생각하는 사람에겐 무진장 어리광이 많은 건 아닐까?

──따돌림당하지 않게 빈틈을 없애려고 했어.

맞다, 그랬지. 시로쿠사는 따돌림당할 정도로 소심했다. 그래서 빈틈을 없애려고 늘 긴장하고 있었다. 약점을 드러내지 않게 표정을 바꾸지 않았고, 의젓하며 드센 성격처럼 보이게 행동한 것이다.

예를 들어 노트를 보여달라고 했던 불쾌한 동급생에게 시로쿠사는 과하게 보일 정도로 반응한 적이 있었다. 그건 과거에 따돌림을 당해서 등교 거부를 경험했었기에 지지 않으려고 남들 이상으로 강하게 저항한 것이다. 시로우와 시로쿠사가 동일 인물이라는 것을 알면 납득이 되는 일이었다.

"미안, 시로였지."

"응, 그게 좋아. 그렇게 불리고 싶어."

시로쿠사와의 거리가 가까웠다. 물리적인 거리뿐만이 아니라 심리적으로도 가까워진 것처럼 느껴졌다.

시로쿠사는 줄곧 시로우라는 것을 숨기고 있었다. 그 비밀이 없어졌기에 솔직한 모습을 보여주는 것이겠지. 하지만──.

"어째서야?"

"응?"

시로쿠사가 고개를 갸웃거렸다.

"그게 시로는 전부터 나를 알고 있었으면서 줄곧 말하지 않았잖아. 그런데 왜 이제 와서? 아니, 기쁘기는 한데 이런 타이밍에 말한 이유를 도무지 모르겠어."

"……그거 말이지. 확실히 스짱이 보기에는 그렇게 느껴질 거야."

시로쿠사는 팔짱을 끼려고 했지만 도중에 움직임이 딱딱해지더니 팔을 내렸다. 아무래도 남장하기 위해서 가슴을 붕대로 단단하게 감은 영향인 듯했다.

원래부터 가슴이 큰 시로쿠사였다. 파카로 가슴을 숨기고 있지만 이 정도로 압축하는 건 힘들었을 것이다. 하지만 그만큼 노력해도 자세히 보면 가슴이 봉긋하게 나와 있어서 왠지 모르게 야하게 느껴지는 부분이 얄미웠다.

시로쿠사가 뺨을 붉게 물들이며 등을 돌렸다.

"솔직하게 말하면…… 난 상당히 화가 나 있었어."

"그건 내가 시로가 시로우였다는 것을 깨닫지 못했기 때문이야?"

"응."

"뭐, 그렇겠지……."

시로쿠사는 등을 돌리고 얼굴을 숨긴 채 말했다.

"그때는 어머니 얘기를 듣지 못했으니까. 왜 나를 깨닫지 못하는 거야! 이 바보! 손톱 사이를 바늘로 찔러 버릴까! ……하는 식으로."

"아니, 잠깐만. 뒷부분이 무진장 무서운데요."

그거 고문의 일종이잖아! 한순간 남자를 싫어하는 시로쿠사 씨가 튀어나왔다고!

"하지만 내 소설을 읽어 주고 절찬까지 해 줘서 무척 기뻤는데, 교실에서는 말을 걸어오지 않으니까 '이 쫄보!' 하고 화가 날 때도 있어서 몇 번이나 절멸시켜 버릴까 생각했는지……."

"아무렇지도 않게 쫄보 소리를 들으니 기분이 다운되는데?!
그리고 정말로 절멸시킬 건 아니지?!"

"……하지만 이번 축제에서 다시 연기를 한다고 들어서 가만
히 있을 수가 없었어. 그 날은 흥분되어서 하루 만에 플롯을 써
버렸어."

시로쿠사는 나를 힐끗 살펴보다가 나와 눈이 마주치자 다시
얼굴을 숨겼다.

지금의 시로쿠사와 어릴 적 시로우의 모습이 겹쳐지니 개가
연상되었다. 시로우 때는 버려진 강아지 같은 이미지였는데 시
간이 지나 조금 늑대가 섞여서 보인다고 할까, 긍지가 느껴진다
고 할까. 주인님만을 따르는 프라이드 높은 개. 그런 이미지였
다.

그도 그럴 게 내가 연기를 한다는 이야기를 들은 것만으로도
흥분해서 하루 만에 플롯을 써내다니 얼마나 충견인 거냐. 흔드
는 꼬리가 보이는 듯해서 엄청나게 귀여운데.

"그 뒤에 어째서 아역을 그만둔 건지 물었잖아? 이야기를 듣
고서 반성 많이 했어. 멋대로 스짱이 차가운 사람이라며 착각하
고 있었다고. 어쩔 수 없었던 일이었다는 생각이 들어서 기회가
있을 때 전부 말하려고 했어."

"그게…… 오늘이었구나."

"응. 이렇게 남장을 해서 시로우의 모습을 보여주지 않으면
설득력이 없으리라 생각했었고…… 무엇보다도 스짱이 오늘
부활한다고 들었으니까."

내 마음속에 긴장감이 내달렸다. 무대의 빛과 중압감이 손가락 끝까지 파고들며 전신을 저리게 했다.

"내가 쓴 플롯으로 뭘 할 거야? 참고로 한다는 말밖에 안 했잖아."

"그건…… 비밀이야."

시로쿠사가 몸을 빙글 돌렸다. 그리고 나를 똑바로 응시하며 물었다.

"그럼 이것만이라도 알려 줘. 그건── 누구를 위해서야?"

시로쿠사는 눈으로 호소하고 있었다. 그게 무엇을 의미하는지는 알 수 없었다. 그저 의미심장하게 나를 바라보고 있었다.

"너는 아베 선배와 사귀고 있지?"

"그래서?"

시로쿠사가 미간을 찌푸리며 노여움을 드러냈다.

"그렇다면 뭐?"

"──기대하고 있으라고."

내가 자신만만하게 웃어 보이자 시로쿠사는 조금 놀란 듯했다.

"네가 만든 플롯과 내 연기가 더해지는 거라고. 분위기를 최고로 띄워 줄게."

내가 그렇게 말하자 시로쿠사는 어이없다는 것처럼 하늘을 우러러본 뒤.

"그 말을 줄곧 듣고 싶었어."

그렇게 중얼거리며 미소 지었다.

＊

시로쿠사는 전통 카페에서 세 번째 그룹 담당이었기 때문에 그때까지 교복으로 갈아입어야 했다.

그걸 스에하루에게 말하자 스에하루는 '잠시 생각할 게 있으니까 여기 남아 있을게.' 하고 말했다.

그래서 시로쿠사는 모자를 다시 깊게 눌러 쓰고 먼저 혼자서 계단을 내려갔다.

그랬더니 3층 복도에서 시다 쿠로하가 벽에 등을 기댄 채 기다리고 있었다.

"……역시 하루가 시로우라고 불렀던 애는 카치 양이었구나."

"눈치챘었나 보네."

"하루네 집에 자주 가거든. 저번에 문득 떠올라서 앨범을 보여달라고 했었어."

"……뭐야? 자랑하는 거야?"

"아~ 이게 자랑이라는 걸 아는구나? 역시 소설가답네."

시로쿠사가 관자놀이에 핏대를 세우자 쿠로하는 지지 않겠다는 듯이 눈을 가늘게 떴다.

"그렇지, 한가지 가르쳐 줄게. 나 말인데, 그 애에게 '시로'라고 불리게 되었어."

"……아, 그래?"

지옥 밑바닥에서 울리는 듯한 목소리였다.

"그러고 보니 너 말인데, 쿠로라고 불렸던가? 만약 특권 의식이 있었다면 안타깝게 되었네. 아, 맞다, 참고로 나는 그 애를 '스짱'이라고 부를 거야. 부러워?"

"딱히 그런 걸로 승패가 갈리는 건 아니거든? 그걸로 이겼다고 생각하는 거라면 그릇이 너무 작은 것 같은데?"

"……흐음. 그거 알아? 창작물 안에서 소꿉친구란 패배 플래그야."

"카치 양은 현실과 창작물이 혼동되나 봐? 머리 괜찮아?"

"후후, 후후후."

"아하, 하하하."

두 사람의 분위기에 전율한 주위 사람들의 안색이 새파래졌다.

""————흥!!""

이윽고 동시에 고개를 돌린 두 사람은 돌아보는 일도 없이 반대 방향으로 걸어갔다.

*

나는 시로우가 시로쿠사였다는 사실의 충격이 뒤늦게 찾아왔기 때문에 시로쿠사와 헤어진 뒤에 한동안 계단에 앉아서 넋을 놓고 있었다.

시로쿠사의 고백 덕분에 그동안 의문스럽던 점이 상당히 해명되었다.

어째서 시로쿠사가 주위 사람들에게 매몰찬 건지, 어째서 나에게만 비교적 상냥한 건지, 어째서 플룻을 바로 만들어서 가져온 건지…… 그 밖에도 여러 가지로.

만약에 말이다. 만약에 내가 여름방학 전에 시로쿠사가 시로우였다는 것을 깨달았더라면 우리의 관계는 어떻게 되었을까. 지금과는 다른…… 서로 사귀는 사이가 되어서 축제를 맞이하는 미래도 있지 않았을까.

'……바보 같은 망상이야.'

나는 고개를 내저으며 떠오른 생각을 떨쳐냈다.

하지만 그건 무슨 의미였던 것일까.

'너는 아베 선배와 사귀고 있지?'

'그래서?'

시로쿠사는 명백하게 화내고 있었다. 이 노여움을 어떻게 받아들여야 할까.

몇 가지 가정은 있었다.

——안다면 묻지 마. 이제 와서 나에게 고백해도 소용없어.

이런 의미가 담긴 것으로 보는 게 타당할까.

——좋은 분위기로 이야기하는데 김 새는 소리 하지 마.

어쩌면 이런 의미였을지도 모른다.

——그래서 나를 위해 '고백제'에서 고백해 주지 않을 거야?

이렇게 느껴지지 않는 것도 아니었다.

지금은 어떤지 모르지만 시로쿠사가 나에게 큰 호감을 품었던 건 확실했다. 그리고 엇갈림이 많이 해소되어 지금은 미움을 산 것 같지도 않았다. 그게 연애 감정인지 어떤지는 의심스럽지만.

'지금 고백하면 사귈 수 있지 않을까?'

그런 생각도 들었다.

아베와 사귀고 있다고 말했지만 그렇게 나를 생각해 주었다는 것을 고려하면 시로우라고 깨닫지 못한 분풀이가 아니었을까?

그런 추측도 가능했지만…… 아니, 테츠히코라면 이렇게 말할 것 같기도 했다.

'옛날에 약속한 사이라고 어째서 그게 연애로 이어지는 건데. 그거랑 이거랑은 당연히 별개잖아.'

확실히 말할 것 같다. 그리고 현실은 언제나 그렇게 혹독했다.

그야 나는 과거엔 스포트라이트를 받았을지도 모르지만 지금은 그저 평범한 고등학생일 뿐이다. 그리고 아베는 미남에 배우에 부자.

추억 보정으로 이길 수 있다고? 힘들 것 같은데?

그렇게 생각하면 역시 아베의 책략이라는 설은 충분히 있을 법했다.

쿠로하가 걱정한 것처럼 '고백제'에서 아베와 경쟁하여 승리한 뒤 시로쿠사에게 고백을 하면.

'나는 아베 선배를 좋아해. 바보는 절멸되었으면 좋겠어.'

그런 말로 전교생 앞에서 호되게 차인다는 악랄한 함정이 준비되었을 가능성은 아직 부정할 수 없었다.

그런 짓을 당하면 한평생 트라우마로 남을 것이다. 살아갈 자신이 없어질 것 같았다.

'하지만 어느 쪽이든 결단은 해야 해.'

아베를 한 방 먹이려면 리스크를 지더라도 공세로 나갈 수밖에 없었다.

그걸 전제로 나는 무엇을 바라지? 복수인가? 아니면——.

생각이 정리되지 않아서 나는 머리를 긁으며 계단을 내려갔다.

그랬더니 3층 계단 부근에서 쿠로하가 벽에 등을 기댄 채 타코야키를 먹고 있었다.

"하루 왔네? 한가하지? 함께 축제 둘러보지 않을래?"

아무리 나라도 알 수 있었다. 계속 뒤를 따라온 것으로 보였다.

"전부 듣고 있었어?"

"뭘?"

"시로 얘기 말이야."

입술을 비죽인 쿠로하가 마지막으로 남은 타코야키를 입안에 넣었다.

"시로라니, 그거 카치 양 말하는 거지? 상당히 사이가 좋아졌나 봐~?"

"사이가 좋아졌다고 할까, 전부터 사이는 좋았어. 깨닫지 못했을 뿐이지."

"흐음, 하지만 공백이 있었는데 시로라고 부르기까지 하네. 내가 쿠로고 카치 양이 시로. 뭔가 내 쪽이 성격 안 좋아 보여."

"그렇게 안 보여."

"그렇게 보여."

쿠로하답지 않게 비뚤어진 언동이었다.

이거 혹시…….

"혹시 질투하고 있어?"

"……?!"

얼굴이 달아오른 쿠로하가 이쑤시개 끝을 나에게 겨누며 다가왔다.

"어, 어째서 내가 질투를 해야 하는 건데! 나, 나는 일단은 하루와 사귀는 사이인데? 그런 패배자는 상대도 안 하거든!"

"너 정말로 시로를 싫어하는구나……."

"아앗! 또 시로라고 했어! 뭔가 듣기 싫은 말이야. 정말정말 싫어."

사교적인 쿠로하가 이렇게까지 싫어하는 건 드문 일이었다. 평소 같았으면 좀 더 완곡하게 말한다.

그런 의미로 말하자면 지금의 쿠로하는 평소보다 솔직한 상태라고도 할 수 있었다.

"하하, 그렇구나."

어떤 사실을 깨달은 나는 웃고 말았다.

"뭐야?"

쿠로하가 매우 언짢은 표정으로 흘겨보았다.

"아니, 쿠로는 언제나 누나처럼 굴면서 남을 돌보려고 하잖아?"

"……그게 뭐?"

"그렇게 불만을 대놓고 표현하는 상대는 나 정도겠다고 생각했더니 이게 네가 어리광부리는 법인가 싶어졌거든."

"……?!"

그 순간 쿠로하는 폭발할 것처럼 단숨에 빨갛게 물들더니──.

"아."

도망쳤다.

어지간히 얼굴을 보여주고 싶지 않았던 거겠지. 막다른 길이란 걸 알고 있을 텐데 당황한 탓인지 아까 나와 시로쿠사가 이야기를 나눴던 옥상으로 가는 계단을 오르기 시작했다.

"쿠로야."

내가 쫓아가자 쿠로하가 얼굴을 가린 채 소리쳤다.

"쫓아오지 마!"

뭐, 그런다고 쫓아가지 않을 리도 없었지만.

금방 막다른 길에 도착했다. 옥상 문은 닫혀 있었다. 그래서 쿠로하는 계단 끝의 구석에 앉아서 얼굴을 돌린 채 웅크리고 있었다. 마치 소라 껍데기 속에 숨은 소라게 같았다.

"저기, 쿠로야……."

"만지지 마!"

보이지 않을 텐데 완전히 행동을 읽히고 있었다. 소꿉친구란 무섭구만.

"다른 데로 가 버려!"

"갈 리가 있냐…… 너 왜 그래? 너도 그보다 더 부끄러운 말을 나에게 했었잖아. 그랬으면서 왜……."

쿠로하는 살짝 돌아보았지만 다시 껍데기 안에 틀어박히고 말
았다.

"하루가 그러는 건 안 돼……."

"뭐?"

벌떡 일어선 쿠로하가 148센티미터의 키를 있는 힘껏 뻗으며
내 머리를 때렸다.

"그러니까! 전에도 말했잖아! 내가 밀어붙이는 건 괜찮아! 각
오가 되어 있으니까! 하지만 내가 당하는 건 안 돼! 각오가 안 되
어 있으니까!"

"아……."

그러고 보니 그런 소리도 했던가. 생각해보면 쿠로하가 부끄
러워하는 건 내가 먼저 밀어붙이거나 우위에 섰을 때였다.

"너 역시 누나처럼 굴고 있을 뿐이지 본질은 다르단 말이지.
누나에게 필요한 여유와 요령이 부족하잖아."

"시끄러워, 시끄러워, 시끄러워."

투닥투닥 때린다. 대단히 미안한 마음이 들어서 순순히 사과
했다.

"알았어, 미안해. 더는 네가 동요할 말은 안 할 테니까."

"……알았으면 됐어."

쿠로하가 모양 좋은 가슴을 내밀었지만 키가 작은 탓에 어딘
가 어설퍼 보였다. 하지만 그 말을 입 밖에 내면 다시 전쟁이 일
어나기에 지금은 다물고 있기로 했다.

그러고 있으니 쿠로하가 고개를 숙인 채 나를 살펴보며 말했다.

"그치만 단둘이 있을 때는 밀어붙여 줘도 되는데……."

"밀어붙이라는 건지 말라는 건지, 어느 쪽이야?!"

"왜 몰라! 둘 다라구!"

으아, 쿠로하가 엄청나게 여자애 같았다. 어떻게 대처하면 될지 전혀 모르겠다…….

"차암, 이러니까 하루는……."

쿠로하가 누나 모드로 돌아와서 어깨를 으쓱거렸다.

"잘 생각해 봐. 이 누나가 내는 숙제니까."

나는 곧바로 그 자리에서 손을 들었다.

"네, 누나. 숙제 다 풀었어요."

"너무 빠른 게 신경 쓰이는데…… 뭐, 상관없나. 그래서 대답은?"

"모르겠다는 것을 알았습니다."

"생각하는 게 귀찮다는 거잖아!"

"응, 까놓고 말하면."

"……축제를 둘러보면서 차근차근 가르쳐줄 테니까 따라와."

나는 귀를 잡힌 채 쿠로하와 함께 다양한 축제 행사를 둘러보았다.

점심은 물론 축제 음식으로 때웠고 각종 전시와 공연, 체육관에서 열린 연극, 음악실에서 하는 밴드 연주도 보러 갔다.

그러는 사이에 축제 폐회식이 다가와 있었다.

"하루야, 여기서 헤어질까."

우리 반의 교실인 2-B는 2층에 있다. 학교에는 교실이 있는 신교사와 교무실이나 도서실 등이 있는 구교사가 있는데 두 건물은 2층에서 연결 복도로 이어져 있다.

우리는 그 연결 복도 한가운데에 있었다.

"하루는 이제부터 할 일이 있잖아?"

"······응."

"나는 하루가 무엇을 할지, 그리고 그게 무엇을 위해서인지는 몰라. 하루가 다시 연기하는 것에 반대였고, 도움을 바라지도 않았으니까 아무 말 않기로 했었어."

"쿠로야······."

"그치만 말이지, 이것만큼은 알아줬으면 해. 내가 연기하는 것을 반대한 건 하루가 얼마나 괴로워했고, 어떤 마음으로 아역을 관뒀는지를 알았기 때문이야."

솔직히 당시 일은 떠올리고 싶지 않았다.

엄마가 돌아가신 뒤에 나는 카메라 앞에 서는 것이 두려워졌다. 죽어가는 엄마를 누구도 깨닫지 못한 채 방치했고 카메라는 계속 돌아갔다는 현실. 그 사실이 너무나도 무서워서. 같은 일이 일어날 가능성은 제로에 가까운데 뇌리에 되살아난 공포 때문에 전신이 떨려서 연기를 할 수가 없었다.

휴양은 어쩔 수 없었다고 생각한다. 다만 사실은 그 뒤가 더 괴로웠다.

아역으로 쌓아 올린 지위는 아이에게도 긍지였고 자신감이었다. 존재의의였다.

그런 존재의의를 버려야 했기에 나에게는 기댈 곳이 없어졌다.

내가 다른 사람에게 자랑할 것이 없어졌다. 지금까지 쌓아온 것이 없어지고 말았다.

공부를 잘하는 것이 장점이던 사람에게서 공부를 빼앗는다. 운동으로밖에 칭찬받지 못했던 사람이 부상으로 운동을 할 수 없게 된다. 그런 느낌에 가까울 것이다.

나는 연기를 좋아했다. 카메라 앞에 섰을 때의 긴장감, 사람들을 매료시켰을 때의 만족감, 감동을 줬을 때의 달성감, 그 전부가 무엇과도 바꿀 수 없었다.

그래서—— 후회로 남았다.

아직 할 수 있지 않을까? 어째서 못하는 거지? 이제는 무리인가? 다시 하고 싶은데——.

그런 생각이 마음속을 혼란스럽게 했다.

쿠로하는 그 모든 것을 보고 있었다.

——엄마가 돌아가셔서 1년 정도 넋을 놓고 살 때도.

——재기했지만 연기를 할 수 없어서 괴로움에 몸부림쳤을 때도.

——포기하고 전부 자포자기했을 때도.

——그 뒤로 있는 그대로의 일상을 받아들이고 그런 일상에서 다시 기쁨을 찾아갈 때도.

"그렇지. 쿠로에게는 전부 보이고 말았으니까."

"나는 하루가 다시 괴로워하지 않았으면 했어. 그치만 의욕을 내고 앞을 보겠다면── 응원하고 싶어. 아무것도 신경 쓰지 말고 자유롭게 해 줬으면 해. 그러니까──."

"쿠로……?"

척 봐도 알 수 있을 정도로 쿠로하는 떨고 있었다. 떨면서도 여기저기를 둘러보며 주변을 신경 썼다.

무엇을 하려는 건지 도무지 알 수 없었다. 그래도 긴장감만큼은 전해졌다.

"──하루야."

결심이 섰는지 고개를 든 쿠로하가 돌연히 팔을 치켜들더니 내 뺨에 따귀를 날렸다.

찰싹, 하는 건조한 소리가 났다. 갑작스러운 상황에 주변을 걷고 있던 학생들이 멈춰섰다.

뜨거워진 뺨을 누르고 있으니 쿠로하가 생긋 미소 지었다.

"자, 이걸로 우리 관계는 리셋되었어. 하루가 무엇을 하더라도 나와는 상관없는 일이야."

쿠로하가 입에 담은 말의 의미는 주변 학생들의 쑥덕거림으로 알 수 있었다.

"어라, 마루 군이랑 시다 양, 사랑싸움이야?"

"마루가 또 바보짓 했어?!"

"정말로?! 시다 양 솔로가 된 거야?!"

……그렇구나. 쿠로하는 시로쿠사가 자신이 시로우라고 고

백하는 것을 듣고 있었다. 그랬기에 나에게서 복수심이 사라진 게 아닌가 하는 생각으로, 이번에 난입하는 '고백제'에서 내가 시로쿠사에게 고백할 수 있는 환경을 만들어 준 것이다.

나와 쿠로하는 사귀는 사이로 알려져 있다. 그런 상황에서 시로쿠사에게 고백하면 나는 최악의 바람둥이가 된다. 그러나 방금 내가 따귀를 맞음으로써 헤어졌다는 이야기가 단숨에 퍼질 것이다. 그렇게 되면 내가 시로쿠사에게 고백해도 문제는 없었다.

"쿠로야⋯⋯."

쿠로하가 후련하다는 표정으로 말했다.

"차암, 내가 이렇게까지 해 줘야겠어? 아무리 내가 누나 같다 해도――."

표정이 점점 어두워졌고 말도 거기서 일단 끊어졌다.

무슨 말인가를 하려다가 멈추고, 다른 말을 찾기 위해 다시 입을 다물었다.

"내가 누나 같다 해도――."

같은 말을 되풀이했을 때 한줄기의 눈물이 흘러내렸다.

"⋯⋯⋯⋯미안."

쿠로하가 눈물도 닦지 않고 몸을 돌렸다.

나는 뒤를 쫓으려다가 멈춰섰다.

――쫓아오지 마.

그렇게 쿠로하는 말했다. 그리고 이렇게도 말했다.

――보고 있을 테니까.

이젠 그거면 됐다고 생각했다.

대답은 '고백제'에서 보여준다. 지금 이 자리에서 뒤를 쫓아 이야기하는 것보다 그쪽이 훨씬 더 나으니까.

나는 멀어져가는 쿠로하의 등을 보면서 주먹을 쥐고…… 자신의 머리를 내리쳤다.

퍽, 하는 둔탁한 소리가 나며 주먹과 머리에 타는 듯한 통증이 퍼져나갔다.

나는 입안에서 중얼거렸다.

"──미안해, 쿠로."

결심을 굳힌 나는 핸드폰을 꺼내서 테츠히코에게 전화를 걸었다.

*

그 날의 '고백제'에는 독특한 분위기가 흐르고 있었다.

"3학년 A반…… 타케나카 카나에 양! 1학년 때, 운동회 실행 위원으로 함께 일했을 때부터 좋아했습니다! 저와 사귀어 주세요!"

"오오오오오오오!"

예년처럼 종이 한 장 차이인 용기와 만용으로 남학생들이 잇따라 등장했다. 호응도 좋았다.

그러나 모두가 메인이 뒤에 있으리란 것을 깨닫고 있었다.

——아베 미츠루.

유명 배우의 아들로 본인도 텔레비전 드라마로 데뷔를 한 신진기예의 배우. 만약 호즈미노 고등학교에서 인기투표가 열린다면 확실하게 남자 1위가 될 터인 아베가 나온다는 것이 알려졌기 때문이다.

아베의 고백 뒤에 나오는 학생들의 고백이 묻힐지도 모른다고 생각한 학생회의 배려로 차례는 마지막이 되었다.

그리고 그런 아베가 누구에게 고백할지는 대부분 알고 있었다.

——카치 시로쿠사.

미인 여고생 아쿠타미상 작가로서 텔레비전 방송에도 나오는 카치 시로쿠사는 그 미모로도 알려져 있었다.

두 사람은 이미 사귀고 있다는 소문이 있었다. 그러나 아베는 노코멘트로 일관했다.

'지금까지 아무 말도 안 했었는데 이제 와서 아베가 왜 고백제에 나오는 거야?'

'아무래도 사무소 문제로 말하지 못한 모양이야. 하지만 고백제에서 말해 버리면 사무소도 숨길 수 없게 되지. 단숨에 폭로해서 수습하지 못하게 하고 억지로 인정시키려나 봐.'

'밝힌다면 단숨에 철저하게 한다는 건가. 막무가내잖아. 남

자다워. 재미있는데.'

그런 이야기가 어느 사이엔가 퍼져 있었다.

똑같은 커플 성립이라도 연예인이라면 뉴스가 되듯이 유명인끼리인 쪽이 당연히 관심을 모았다. 그래서 어느 사이엔가 기대감이 부풀어 올랐고 다들 아베가 어떻게 고백을 할지를 제각기 예상하며 수군거리고 있었다.

"그러면 마지막으로── 11번. 3-A, 아베 미츠루 군의 고백입니다."

체육관의 무대 중앙에 마이크가 우두커니 놓여 있었다. 회장의 조명이 꺼진 채 고백하는 학생이 주역이라고 강조하는 것처럼 스포트라이트가 마이크를 비추고 있었다.

그곳에 아베가 나타났다.

"꺄악! 아베 선배님~!"

"안 돼에에에! 저에게 고백해줘요오오오오오!"

절규와 함성이 뒤섞이며 회장의 열기가 단숨에 높아졌다.

아베는 여유작작했다. 평소처럼 왕자님 같은 미소를 지은 채 손을 흔들며 함성에 응하고 있었다. 연예인다운 대응이었다.

"안녕하세요, 아베입니다."

아베가 마이크에 대고 말하자 또다시 절규와 함성이 퍼져나갔다.

조용해질 때까지 가만히 기다리다가 소리가 가라앉자 아베가 다시 입을 열었다.

"저는 말주변이 없다 보니 잘 전해지지 않을지도 모른다고 생각해서…… 노래와 춤을 보여줄까 합니다."

아베가 손을 들자 무대 뒤가 어수선해졌다. 기타, 베이스, 드럼의 연주자가 악기를 들고 나타났고 눈 깜짝할 사이에 세팅이 완료되었다.

"적이지만 깔끔한 솜씨인걸."

무대 뒤에서도 구석진 곳. 빛이 닿지 않는 장소에 있는 두 사람이 속닥거린다.

"솜씨를 감상하는 건 지금부터잖아, 테츠히코."

"뭐, 네 말대로긴 해, 스에하루."

아베가 밴드를 하고 있다는 건 유명했다. 그러나 상당한 팬이 아니라면 라이브까지 보러 가지는 않았다. 그 때문인지 회장의 열기가 더욱 뜨거워지며 새된 성원이 터져 나왔다.

연주 멤버와 시선으로 대화를 나눈 아베는 준비가 되었다는 사인을 받고 고개를 끄덕였다.

"오래 기다리셨습니다. 준비된 모양이니 노래를 시작하겠습니다."

회장으로 시선을 옮긴 아베가 가장 앞줄에 있는 한 소녀를 주목했다.

"——카치 시로쿠사."

""""꺄아아아아아아아아아아아아아아아아!"""

정신을 놓은 듯한 비명이 체육관 안에 메아리쳤다.

"너에게 이 노래를 바칠게. 곡은 애시드 스네이크의…… 『차일드 스타』."

애시드 스네이크는 현재 음반 판매 1위로 잘 알려진 인기 록밴드였다. 그리고 그런 그들의 출세작이 7년 전에 발표한 『차일드 스타』였다.

애초에 『차일드 스타』란 드라마의 제목으로, 이 곡은 드라마의 엔딩에서 사용되었다. 그리고 이 곡에 맞추어 보는 사람을 매료시키는 댄스를 췄던 이가 바로 '천재 아역' 마루 스에하루였으며, 『차일드 스타』는 시청률 30퍼센트를 넘는 괴물 같은 드라마가 되었다.

아이돌 노래나 힙합, 애니송 같은 곡이 팔리기 쉬운 작금에 '록의 멋'을 전면에 내세운 댄스곡은 드물었다. 거기에 이 곡은 꿈을 좇으며 발버둥 치는 소년의 마음을 표현하고 있어서, 사랑 노래는 아니었지만 꿈을 이룬다=좋아하는 아이를 손에 넣는다는 해석이 가능했기에 과거 '고백제'에서 두 번 정도 불린 적이 있는 명곡이었다.

《노트에 그린 낙서가 아직 남아 있어. 그 날에 나눈 약속을 아직 기억하고 있어.》

"우와……."

모두가 단번에 이해했다. 아베의 노랫소리가 충분히 '잘 부른다고' 할 수 있는 영역이라고.

"아베 선배니이이이이임!!"

아베에게 심취한 여학생의 눈은 이미 하트 모양이 되어 있었다. 이 노래는 카치 시로쿠사를 위한 것이라 선언했음에도 너무나도 멋진 모습에 자신을 위한 노래로 변환하여 듣고 있었다.

그런 소녀가 나타나는 것도 무리는 아니었다. 무대에서 스포트라이트를 받는 아베는 그렇지 않아도 미남이면서 지금은 평소의 세 배는 빛나고 있었다.

"젠장, 댄스도 잘 추잖아……."

질투 섞인 눈으로 보고 있던 남학생도 인정할 수밖에 없었다. 『차일드 스타』의 곡초는 격렬했고, 댄스는 그보다 더 격렬했다. 뛰어서 날아오르고 멈춰 서며 회전한다. 절도 있게 추지 않으면 맵시가 살지 않았고 춤을 추는 동안에도 마이크는 놓을 수 없었다. 당연히 숨이 차지만 그래도 계속해서 노래를 불러야만 한다.

애초에 노래는 록밴드가, 댄스는 천재 아역이 춘다는 분업 체제였다. 동시에 하는 것이 상정되지 않았던 만큼 노래와 댄스를 동시에 소화하는 건 미칠 듯이 어려운 일이라 할 수 있었다.

아베와 노래와 댄스는 충분히 감상할 가치가 있는 것이었다. 스무스한 움직임에서는 그동안의 수련이 느껴졌다.

그런 노래와 댄스의 대상인 카치 시로쿠사는—— 그저 가만히 아베를 바라보고 있었다.

표정은 약간 딱딱해서 들떠 있는 느낌은 아니었다. 붉어진 것 같기도 하지만 조명 빛도 있어서 확실하게는 알 수 없었다. 주위 여학생들에게서 질투 어린 시선을 받고 있었지만 본인은 조금도 신경 쓰지 않는 듯했다.

회장을 가득 채운 노래의 1절이 끝나려 하고 있었다.

"……저 품쟁이 선배, 생각보다 꽤 하는데."

무대 뒤. 갈색 머리칼의 날라리── 바레기 콤비의 쓰레기 담당 카이 테츠히코의 중얼거림에 바레기 콤비의 바보 담당 마루스에하루가 살짝 돌아보았다.

"……확실히."

"강적인데. 너 이길 수 있겠냐?"

테츠히코의 말에 코웃음을 친 스에하루는 등 뒤를 향해 엄지를 세웠다.

"──간단하지."

그렇게 대답하고는 스에하루가 스포트라이트가 닿는 무대 중앙으로 달려나갔다.

한순간 보였던 자신만만한 웃음── 그리고 앞만을 바라본 패기 가득한 눈동자.

테츠히코는 이마에 흐르는 땀을 닦았다.

"허…… 현실인가…… 저 녀석이 멋져 보이다니…… 말도 안되잖아……."

이미 변신은 완료되어 있었다.

연습할 때부터 그랬다. 스에하루가 변신을 하면 모든 것이 변모했다.

분위기가 달랐다. 움직임이 달랐다. 표정이 달랐다.

하지만 지금은 본무대이기 때문인지── 연습 때보다도 한층더…… 아니, 몰라볼 정도로 존재감이 커져 있었다.

저 녀석은 지금 스에하루가 아니다. 별개의 히어로 같은 무언가로 변모해 있었다.

　그렇게 생각하지 않으면 납득할 수가 없었다.

　'저 녀석을 보고 있기만 해도 가슴이 두근거리다니…… 이상하다고!'

　부조리할 정도의 재능, 카리스마. 그 사실에 혀를 차면서도 테츠히코는 입가가 느슨해지는 것을 억누를 수 없었다.

　"음……?"

　"뭐지, 저 녀석……? 난입인가……?"

　"2-B의 마루잖아. 저 녀석도 끼는 건가……?"

　스에하루의 등장에 회장 안의 사람들이 한순간 허를 찔렸다.

　해프닝인가? 하고 의아해하는 사람도 다수 있었지만 연주 중인 것도 있어서 누구도 막으려고 하지는 않았다. 연주하는 밴드 멤버들도 무슨 일인가 싶어서 당황했지만 리더인 아베가 계속하라는 신호를 보냈기에 예정된 일이라고 생각하며 납득했다.

　간주가 끝나고 곡이 2절로 들어갔다.

　거기에 맞춰서 아베와 스에하루 두 사람이 동시에 마이크를 향해 목소리를 냈다.

《저편을 향해 울부짖은 울음소리가 아직 울려 퍼지고 있어.
당신에게 보낸 말이 아직 새겨져 있어.》

　분위기가 덧씌워졌다──.

"허어?!"

"어⋯⋯?"

"방금 목소리 뭐야?!"

경악과 충격이 체육관을 집어 삼켜나갔다.

아베의 노래는 괜찮았다. 아마 이 학교 안에서라면 최고 수준일 정도로.

하지만 단 한 순간에 모두가 깨닫고 말았다.

——이쪽이 진짜라고. 아베는 잘 부르지만 가짜라고.

스에하루는 원곡자인 애시드 스네이크와 비슷한 창법으로 부르고 있었다.

다만 그건 아베도 마찬가지였다. 고음의 높이와 저음의 울림은 아베 쪽이 위라고 할 수 있었다.

하지만 달랐다. 잘 부르고 못 부르고의 문제가 아니었다. 마음에 전해지는지 전해지지 않는지의 차이였다.

한 소절의 노래로 차이를 보여준 스에하루가—— 등을 돌렸다.

드라마의 엔딩도 이 포즈에서 시작되었다. 등을 돌리고 있다가 한순간에 앞을 보며 시청자의 시선을 독점했다.

그 압도적인 존재감과 옛 모습의 흔적—— 7년의 세월을 넘어 지금 눈앞에서 전설의 댄스가 재현되었다.

"저거 뭐냐⋯⋯ 완벽하잖아!"

"너무 잘하는데…… 아베 선배도 괜찮게 하는데 전혀 따라가질 못하고 있어……."

"진짜 같잖아…… 아니, 설마 마루는—— 그 마루짱인 건가?!"

"뭐?! 정말?! 저 바보가?!"

"그럴 게 이 댄스—— 어딜 보아도 진짜잖아!"

평소 모습과의 차이 때문에 믿지 못하는 학생들도 눈앞의 광경까지는 부정하지 못했다. 진짜를 보여주니 믿을 수밖에 없었다.

"헤헤, 이거라고, 이거. 내가 보고 싶었던 건."

무대 뒤. 테츠히코는 검지로 코를 문질렀다.

열흘간의 특훈이 떠올랐다. 스에하루는 처음엔 몇 번이나 토하고 몇 번이나 쓰러졌다. 토악질용 양동이를 준비하고, 쓰러지면 물에 적신 걸레로 머리를 때려서 강제로 눈을 뜨게 했다.

하지만 스에하루는 결코 약한 소리를 하지 않았다.

움직임은 점점 변해갔다. 절도 있는 동작이 되기 시작했다. 떨림이 멈추기 시작했다.

그러나 어제 연습을 끝낸 시점에서는 당시의 영상과 비교해서 명백하게 뒤떨어져 있었다.

하지만 지금은 연습뿐만이 아니라 과거마저 넘어서 있었다.

"뭐야…… 할 수 있잖아! 할 수 있으면 처음부터 하라고, 이 바보 자식아! 걱정한 내가 바보 같잖아!"

본무대에 강하다. 무대 위에서 더욱 빛난다. 그게 천재 아역이라 불리던 남자의 특징이었다는 건가.

"이 좀생이가 못하는 척이나 하고 말이야── 역시 재능은 마르지 않았잖아!"

그렇게 눈부셨던 아베가── 스에하루 앞에서는 존재감이 흐려져 보였다.

얼굴은 달라지지 않았다. 아베는 여전히 미남이었고 스에하루는 여전히 평범했다.

그러나 카리스마와 존재감은 얼굴로 정해지는 것이 아니었다.

"스짱……."

가장 앞줄에서 스테이지를 바라보는 시로쿠사의 눈에서 눈물이 흘러내렸다.

어린 시절의 동경. 그 뒤의 실망과 슬픔. 그래도 포기할 수 없어서 노력한 나날.

그 모든 것들이 시로쿠사의 마음속을 내달리며 눈물이 되어 떨어지고 있었다.

"너는── 연기를 할 수 없었던 게 아니었어?"

연주 중인 스테이지 위에서 아베는 스에하루에게 말을 걸었다.

"지독한 트라우마가 있었을 텐데. 그런데 어째서──"

"선배 말이야."

스에하루가 이마의 땀을 소매로 닦으며 자신만만한 웃음을 지었다.

"──좋아하는 여자애 앞에서 폼 잡는데 트라우마가 대수야?"

숨을 집어삼킨 아베는 이어서 납득했다.

그렇지, 확실히 그 말대로야──.

혼잣말을 중얼거리며 아베는 조용히 스테이지를 벗어났다.

밴드 멤버들에게 계속하라는 신호만을 보내고 소리도 없이 자리를 뜬다.

그 시점에서는 이미 그 누구도 아베를 보고 있지 않았다. 시선은 스에하루가 독점하고 있었다.

"역시 너는 진짜였구나, 마루 스에하루 군."

마지막으로 한 번만 돌아본 아베는 밝은 얼굴로 무대 뒤로 사라졌다.

곡이 끝나고 체육관을 박수 소리가 가득 채웠다.

관객들의 흥분과 기쁨이 직접 전해졌다.

'……돌아왔어.'

뛰고 있는 고동에 몸을 맡긴 채 나는 커다란 안도와 만족감을 느끼고 있었다.

"방금 따라 한 춤과 노래는 엔터테인먼트 동호회의 공연이었습니다! 출연자는 2-B, 마루 스에하루!"

사회자에게서 마이크를 빼앗은 테츠히코가 딱 좋은 타이밍으로 소개를 했다. 역시 이런 걸 시켰을 때의 테츠히코는 일류였다.

"……아니지, 보고 깨달았겠지만 실은 따라 한 게 아니라 진짜였다고, 이 자식들아! 7년이 지나 성장한 노래와 댄스는 잘 봤냐?! 이 모든 건 앞으로 할 일을 위한 밑밥이야! 요컨대 여기서부터가 메인! 엔터테인먼트 동호회 공연 제2부의 시작이다! 아베 선배의 무대를 탈취한 건 이때를 위해서—— 이렇게 말하면 이제 알겠지? 마루 스에하루의 고백이다아아아아아아!"

테츠히코 녀석, 무진장 부채질하는군. 전개는 예정대로였지만 체육관은 정적에 잠긴 채 기대로 가득 차 있었다.

좀 부담스러웠지만 이미 정한 거니까—— 할 수밖에 없다.

나는 마이크에 입을 가까이했다.

"——카치 시로쿠사 양."

"아, 예!"

시로쿠사가 긴장한 나머지 높은 목소리로 대답했다. 쿨하다고 알려진 시로쿠사에게는 드문 일이었다.

"아, 맞다. 아니지, 다시 말할게. ……시로야."

"……스짱."

눈을 크게 뜬 시로쿠사는 침착함을 되찾고 고개를 한 번 끄덕였다.

"나는 너를——."

꿀꺽, 하고 시로쿠사가 침을 삼키는 모습이 보였다.

나는 심호흡을 하며 천천히 말했다.

"──좋아했었어."

"어……?"

전하고 싶은 마음이 있었다. 그저 입에 담는 것만으로는 도저히 전할 자신이 없었다.

그래서 미친 듯이 노력했다.

연기자로 부활해 보이고 아베를 압도했기에, 이 무대에 설 수 있었다.

이 자리라면 무대로 부족함은 없었다. 많은 사람이 지켜보는 자리이기에 말에 무게와 열량이 담겼다.

"좋아했었기에 네가 아베 선배와 사귀기 시작했다는 소문을 들었을 때는 큰 충격을 받았어. 이렇게 다시 무대로 돌아온 건 다른 이유가 아니야. 아베 선배에게 품은 대항심 때문이고, 좀 더 솔직하게 말해 버리자면 너와 아베 선배에게 품은 복수심 때문이었어. 하지만 그러는 사이에 깨닫게 되었지. 나에게 있어서 가장 소중한 것을."

나는 시선을 옆으로 옮겼다. 시로쿠사에게서 왼쪽으로 열 명 정도 떨어진 가장 앞줄에 그 애가 있었다.

"──시다 쿠로하!"

나는 한계까지 숨을 들이쉬고는 최대 성량으로 단숨에 털어놓았다.

"좋아해에에에에에에에에에에에에에에에에!!."

하울링이 일어나서 관객들이 귀를 막았다.

그러나 고백한 나는 최고조로 흥분해 있었다.

입을 열었으니 이제는 멈출 수 없다. 폭주 기관차로 변한 나는 흘러넘치는 마음을 단숨에 쏟아냈다.

"나는 깨달았어! 네가 언제나 곁에 있어 줬다는 것을! 네가 곁에 있어 줬기에 나는 구원받았어! 지금까지 폐를 끼쳐서 미안해! 앞으로도 계속 폐를 끼칠지도 모르지만 나에게는 네가 필요해!"

모두의 주목이 쿠로하에게 모여들었다.

가슴 앞에 손을 모으고 가만히 듣고 있던 쿠로하에게 테츠히코가 마이크를 건넸다.

쿠로하는 마이크를 양손으로 쥐고는 무대 위의 나를 올려다보았다.

귀여운 고양이 같은 눈을 크게 뜨고 있었다. 이렇게 쿠로하가 귀엽다니 최근까지는 깨닫지 못했다.

하지만 지금은 달랐다. 쿠로하의 고백을 거절하고 나서 쿠로하가 없는 일상을 알게 되었다. 솔직하게 호감을 드러내며 좋아한다고 말해줘서 기뻤다는 것을 실감했다.

트라우마와 싸울 때 가장 정확한 조언을 해준 사람은 쿠로하였다. 그리고 그 누구보다도 걱정해 준 사람도 쿠로하였다.

나는 시로쿠사에게 끌리고 있었다. 하지만 지금은 달랐다. 복수 따윈 상관없었다.

나는—— 쿠로하에게 끌렸다.

"——쿠로야! 좋아해! 나와 사귀어 줘!"

쿠로하는 지금까지 본 적도 없는 듯한 만면의 웃음을 지으며 마이크를 향해 분명하게 말했다.

"——싫어."

" ⋯⋯뭐?"

나는 혼란에 빠져 흔들리는 눈으로 바라보다가—— 다시 한 번 물어보았다.

"나와 사귀어 주면⋯⋯ 안 돼?"

"——안 돼."

"⋯⋯진짜로?"

"진짜루."

"⋯⋯⋯⋯⋯⋯⋯⋯⋯⋯."

"⋯⋯⋯⋯⋯⋯⋯⋯⋯⋯."

나는 손짓으로 안 돼? 하고 물어보았다. 그러자 쿠로하가 손으로 X자 표시를 했다.

나는 마음을 진정시키기 위해 심호흡을 한 뒤—— 머리를 부여잡았다.

"우째서어어어어어어어어어어어어어어?!"

───첫사랑 복수 완료.

쿠로하가 한순간 한 방 먹였다는 듯한 표정을 지었다. 그리고
그건 본인을 제외하고는 누구도 알지 못했다.

에필로그

학교 축제가 끝나고 주말과 공휴일을 낀 다음 화요일.

테츠히코가 교실에 들어가 보니 2-B의 교실은 시산혈해라 표현할 만한 상황이었다.

"무서워…… 여자 무서워……."

스에하루는 악몽에서 깨어나지 못하고 있었다. 절망에 몸부림치며 등교하자마자 책상에 엎드린 채 움직이지 않았다.

무리도 아닌 일이었다. 그렇게 공들인 고백을 했는데 차였다는 충격은 보통이 아닐 테니까.

그야말로 일생일대의 고백이라 할 수 있었다. 죽을 각오로 특훈하고 그 정도로 완벽한 자리를 마련했는데 차였다는 건 평생의 트라우마가 될만한 사건이었으므로 앞으로 여성 불신이 된다고 해도 이상하지 않을 것이다.

"…………."

마찬가지로 시로쿠사도 책상에 엎드린 채 죽은 것처럼 정지해 있었다.

테츠히코는 알고 있었다. 시로쿠사가 과거에 시로우라 불렸던 아이였고 스에하루에게 큰 호감이 있다는 것을.

축젯날에 쿠로하와 함께 두 사람의 대화에 귀를 기울이고 있었는데 시로쿠사가 계단을 내려온 타이밍에 자리를 떴기 때문에 스에하루와 만나지 않았던 것뿐이었다.

그래서 어느 정도 어떤 관계인지, 시로쿠사가 어떤 마음을 가지고 있었는지를 파악하고 있었다.

'카치 시로쿠사가 노리던 건 처음부터 스에하루였단 말이지……'

테츠히코가 그렇게 확신할 수 있었던 건 축제 폐회식이 끝난 뒤에 아베에게 확인을 받았기 때문이었다.

…….

………….

………………..

'아베 선배님…… 선배님은 스에하루를 무대에 다시 올리기 위해 악역을 연기한 거였죠?'

축제 폐회식이 끝난 뒤에 테츠히코가 그렇게 말을 걸자 아베는 악기를 정리하던 손을 멈췄다. 그리고 밴드 멤버에게 자리를 비운다고 말하고는 느긋하게 이야기할 수 있게 체육관 뒤로 이동했다.

'어째서 그렇게 생각한 거야?'

'우선 선배가 고른 곡 때문이에요. 애시드 스네이크의 『차일드 스타』는 스에하루의 출세작이잖아요. 도발해놓고 라이벌의 예전 출세작을 구태여 들고 오다니 당연히 이상하다고 생각하죠.'

'……그렇군.'

'그리고 선배가 나쁜 사람이 아니라는 건 알고 있었거든요.'

'칭찬하는 거야? 그럼 기쁘겠는데.'

'아, 저는 나쁜 놈이라서 선배를 싫어하지만요.'

'그렇군…… 너도 들은 것 이상으로 보통내기가 아닌걸.'

'뭐, 그렇긴 하죠. 다만 스에하루는 질투에 눈이 멀어서 깨닫지 못한 것 같지만요. 그 녀석에게서 빛이 나는 건 무대 위에 있을 때뿐이고 그 이외에서는 쫄보 같거든요.'

'아무래도 그런 것 같더라고.'

아베는 확언하지 않았지만 은연중에 악역을 연기했다는 것을 인정했다고 봐도 될 것이다.

'이번 소동의 시작은 어디서부터였죠? 아, 참고로 스에하루와 카치의 과거는 어느 정도 알고 있어요.'

'그렇지…… 이번 일은 몇 가지 요인이 뒤섞여서 일어났어.'

아베가 검지를 세웠다.

'우선 전제로써 시로쿠사는 줄곧 마루 군을 좋아했어. 나와는 남매 같은 관계라서 말이지. 나는 시로쿠사를 연애 대상으로 본 적이 없고 그건 시로쿠사도 마찬가지라고 생각해.'

'그렇군요. 뭐, 왠지 그럴 것 같기는 했지만요.'

'다만 시로쿠사는 어릴 적에 마루 군에게 버림을 받았다고 할지, 차였다는 착각을 하고 있었거든. 나중에 오해라는 걸 알게 되지만 마루 군을 너무 좋아한 나머지 복수심으로 변해 버렸어.'

'복수…….'

'그래, 복수. 자신이 어릴 때 사이가 좋았던 시로우라는 것을 깨닫지 못하는 마루 군에게 화가 치민 시로쿠사는 복수를 하기로 했어. 자신을 좋아하게 만든 뒤에 차 버려서 자신과 똑같은 괴로움을 느끼게 해 주겠다──이런 내용의 복수였지.'

'아하, 그렇게 된 건가요…….'

스에하루는 말했었다. 단둘이 이야기를 나눌 때는 시로쿠사가 무척 친근하게 군다고.

다른 남자들에게는 차가운데 자신에게만 웃는 얼굴을 보여주면 대개의 남자는 착각할 것이다. 시로쿠사는 시로쿠사대로 스에하루를 공략하는 데 필사적이었다는 것이다.

'하지만 마루 군은 좀처럼 고백해 주지 않았지. 그러는 사이에 적시하고 있던 시다 양이 고백을 해 버렸어. 성취되지 않아서 안심했지만 두 사람은 가까운 사이여서 방심할 수 없었지. 어쩌지…… 하고 고민하다가 시로쿠사는 무심결에 나와 사귀고 있다는 거짓말을 해 버리고 말았어. 나는 현장을 보지 않았으니 모르겠는데 마루 군과 시다 양이 교실에서 애정행각을 벌였다며?'

'뭐, 그랬죠. 그건 애정행각이었죠. 뭐라고 할까, 시다는 포기하지 않았기 때문에 고백한 마음만큼 거리가 더욱 가까워졌다고 할까요, 마음의 벽이 사라졌다고 할까요, 이전보다 더욱 가까워진 건 확실했어요.'

'그 이후로 시로쿠사는 혼란에 빠졌어. 나는 솔직하게 밝히고 오해를 풀면 될 텐데, 하고 조언했지만 시로쿠사는 프라이드가

높았거든. 자기가 고백하다니 패배를 인정하는 꼴이라느니, 몰라주는 스짱이 나쁘다느니, 하는 말을 하며 화를 냈었지.'

'아…… 예, 상상되네요. 선배도 고생이 많네요.'

'이해해 주는 거야? 뭐, 그래서 다른 아이디어가 필요해서 내가 제안한 거야. 내가 악역이 되어 마루 군의 원망을 혼자서 받아낼 테니 시로쿠사는 마루 군을 돕는 척하며 다가가서 오해를 풀면 된다고.'

'근데 그거 선배한테는 득이 될 게 없지 않나요?'

'있어.'

'무슨 이득이요?'

'나는 말이지── 천재 아역, 마루 스에하루의 광팬이거든.'

'────.'

테츠히코는 할 말을 잃었다.

확실히 그런 거라면 이야기는 이어진다.

'마루 군을 도발했을 때 말했었어. 네 연기를 보고 나도 연기를 하고 싶어졌다고. 이어서 자신에게 재능이 없다는 것을 알고 너를 질투했다고도 말했는데, 거짓말이었던 건 마지막 질투했다는 부분뿐이었어. 나는 마루 군의 연기를 보고 연기를 해 보고 싶어졌고, 재능이 없음을 알고 나서는 자신이 하지 못하는 것을 할 줄 아는 마루 군을 존경하고 있었어. 그런 마루 군이 자포자기한 채 사는 건 참을 수 없었거든. 마루 군이 부활할 수만 있다면 미움을 사는 것 정도는 딱히 아무렇지도 않았어.'

'허~ 역시 선배는 무진장 좋은 사람이네요.'

'그런 부분이 싫은 거잖아?'

'그런 여유로운 태도 때문이라고요…… 예, 싫어해요, 싫어해.'

이 사람이 가장 이득을 봤을지도 모르겠다고, 테츠히코는 생각했다.

이번 일로 타격을 받은 사람이 많았는데 이 사람만큼은 '스에하루의 부활'이라는 목표를 완벽하게 달성했다.

'나도 물어보고 싶은데, 시다 양의 진의는 뭐야?'

'스에하루의 고백을 거절한 거 말인가요?'

'물론 그것도 그런데…… 거기에 이르기까지의 경위라고 할까.'

'저도 조금 전에 깨달은 참인데요, 시다도 카치와 마찬가지였어요.'

'마찬가지?'

'——첫사랑 복수를 한 거예요. 분명.'

'그렇군. 그럼 어쩌면 목표도 같았던 건가.'

'자신을 좋아하게 만든 뒤에 차 버려서 자신과 똑같은 괴로움을 느끼게 해 주겠다, 이런 거였겠죠. 뭐, 몇 년 사이에 스에하루가 동경할만한 여성이 된 카치도 무시무시하지만, 차이고 불과 한 달 반 정도 만에 반대로 자신에게 반하게 만든 시다의 집념도 무시무시해요. 그렇게 생각하면 최종 승자는 시다인 건가?'

'아니, 글쎄. 나는 모두의 참패라고 생각하는데.'

'예? 무슨 의미죠?'

'이쪽으로 와서 들어 보면 알 거야.'

테츠히코는 아베의 손짓에 따라 장소를 이동했다.

아베가 안내한 곳은 동아리 활동 건물에 있는 배드민턴부의 부실이었다. 문은 닫혀 있었지만 귀를 기울여 보니 안에서 중얼거리는 목소리와 흐느끼는 울음소리가 들려왔다.

'아까 악기를 정리할 때 우연히 듣게 되었어.'

문 안쪽에서 들리는 중얼거림. 그건―― '바보 하루' 라는 말이었다.

'바보 하루…… 바보 하루…… 바보 하루…… 바보 하루…… 바보 하루…….'

누구냐고 물어볼 것도 없었다. 그런 말을 할만한 사람은 쿠로하밖에 없었으니까.

'나는 말이야, 시다 양의 마음은 집념이라고 할 수 있을지는 몰라도 그 이상으로 순수하고 한결같은 호의라고 생각해.'

'스에하루를 한결같이 좋아하며 기다려서 마침내 성취되려 했지만, 전에 차였던 것을 도저히 용서할 수 없었다. 그래서 앙갚음으로 차 버렸는데 그래도 여전히 좋아하기에 한창 후회하는 중……이라는 건가요.'

'그렇게 하지 않으면 스타트 지점으로 돌아올 수 없었던 거겠지. 시다 양에게는 그런 부분이 있는 것 같아. 대단히 계산적이지만, 감정적인 부분도 많아서 끝까지 관철하지 못한다고 할까.'

'예를 들면요?'

'오늘 고백제 전에 시다 양의 따귀로 두 사람이 헤어졌다는 이

야기를 들었는데, 목격자의 이야기에 따르면 떨고 있었던 건 시다 양 쪽이었다고 해.'

'아~ 그렇군요. 시다는 계속해서 사귀는 척을 하는 것보다는 일단 헤어져서 스에하루에게 유리한 상황으로 만들어주는 편이 착한 자신을 강조할 수 있다고 계산했다는 건가요. 하지만 본능적으로는 거부해서 떨고 말았다고.'

'맞아, 그래서 나는 시다 양을 뼛속까지 순수하고 한결같은 아이라고 생각해.'

'제가 보기에는 배배 꼬이고 비뚤어진 것처럼도 느껴지지만요…… 뭐, 감정은 억누를 수 있는 게 아니니까요. 그러니까 전부 다 첫사랑이니까 어쩔 수 없다는 걸까요.'

테츠히코가 그렇게 말하자 아베는 생긋 미소 지었다.

'바로 그거야. 이런 게 첫사랑인 거겠지.'

………………

…………

……

회상에서 돌아온 테츠히코는 가방을 자기 자리에 놓았다.

옆을 보니 쿠로하도 책상에 엎드려 있었다. 걱정된 친구가 말을 걸었지만 이대로 내버려 달라는 대답만을 할 뿐이었다.

부끄러워하는 건지, 자기혐오인지.

참으로 얼빠진 결말이었다.

한 명의 남자와 두 명의 여자 모두가 차였다고 착각하여 '자신에게 반하게 만들어서 차 버리자'고 생각한 끝에, 시간을 두고 모두가 목표를 달성한 다음 그 누구도 좋아하는 사람과 맺어지지 못했다.

"뭐, 보면서 재미있었으니 나에게는 최고의 결말이었지만."

테츠히코가 그렇게 스에하루에게 말을 걸자 스에하루는 뭔 소리냐는 듯이.

"엉? 뭐라고?"

그렇게 반응했을 뿐이었다.

그때 돌연히 교내 방송을 알리는 벨이 울렸다.

"2-B, 마루 스에하루 군과 카이 테츠히코 군. 이 방송을 듣는 대로 교무실로 오세요. 다시 한번 말합니다. 2-B, 마루 스에하루 군과 카이 테츠히코 군. 이 방송을 듣는 대로 교무실로 오세요. 이상."

"……? 뭐야?"

스에하루가 고개를 갸웃거렸다. 테츠히코는 한숨을 내쉬었다.

"칫, 생각보다 찾아내는 게 빠른데."

"야, 테츠히코. 뭔가 엄청나게 불길한 예감이 드는데, 너 뭐했냐?"

테츠히코는 스에하루를 무시하고 전화를 걸었다.

"아, 죄송한데요, 교무실로 호출을 받아 버렸는데 혹시 지금 와 계시나요? 아~ 그거 때문이겠네요. 일단 잠시만 물러나 주시겠어요? 제가 선생님을 설득해 볼 테니까요. ……예, 예, 그렇게 해 주세요."

그 말을 끝으로 테츠히코는 전화를 끊었다.

"테츠히코…… 방금 뭐야?"

"응? 텔레비전 방송국."

"뭐? 텔레비전?"

"아, 응. 어제 취재 신청이 왔었어."

"왜 너한테?"

"축제 때의 네 영상을 위튜브에 올렸더니 사흘 만에 조회수가 백만 회를 넘었거든."

"……………………………………………………………뭐?"

"이거."

테츠히코는 동영상 화면을 보여줬다.

제목은——.

『전설의 아역 마루짱이 고등학생이 되어 뉴군 댄스를 피로! 신진 배우 아베 미즈루를 압도하고 아쿠타미상 작가 카치 시로쿠사에게 고백?!』

각종 검색어도 완벽하게 해시태그로 걸어놓았다. 화제성만 있는 것이 아니라 스에하루의 절도 있는 움직임도 있어서 대호평이었다.

"좋겠네, 스에하루. 너 '백만 번 차인 남자'라는 별명이 붙었어."

"테츠히코오오! 야 이 자식아! 뭔 짓거리를 하는 거야?! 운다?! 나 진짜로 운다?!"

"뭐 임마?! 뭐 문제 있냐?! 내가 뭐를 위해서 스태프처럼 널 도왔다고 생각하는 건데?!"

"이 자식이?! 뭔가 얌전히 돕는다 했더니 이러려고 그런 거 냐?!"

"크크크크크! 당연하지! 내가 왜 공짜로 도와줘야 하는데?! 광고 수입 땡큐다, 임마! 그리고 앞으로 내가 매니지먼트 해줄 테니까 각오하고 있으라고!"

"웃기지 말라고, 이 쓰레기 자식아아아아!"

"아, 참고로 지금 와이드 쇼도 이 화제로 떠들썩해."

테츠히코는 핸드폰으로 텔레비전 방송을 켰다.

『──이런 동영상이었는데요, 어떠셨나요?』

『돌연히 사라진 전설의 아역, 마루짱의 고등학생 모습이라는 것도 감개가 깊은데 내용이 뭐라고 할까…… 청춘이네요…….』

『이쪽 화면을 봐 주세요. 아베 미츠루 씨는 최근에 인기가 급상승 중인 신진 배우로 아버지가 바로 그 아베 하지메 씨입니다! 카치 시로쿠사 씨는 인기 고등학생 아쿠타미상 작가! 그리고 마지막으로 시다 쿠로하 씨라는 분은 마루짱의 소꿉친구라고 하네요!』

『시다 양, 귀엽네요~. 바로 팬이 되었어요. 스튜디오로 부를 수 없을까요? 저에게도 싫다고 말해 주지 않을까요.』

『진흙탕 삼각관계네요…… 이거 아침 드라마보다 흥미진진한걸요!』

"……뭐? 아니, 잠깐만. 이거 전국 방송이야? 아, 뭐, 확실히 나랑 시로랑 아베는 그럭저럭 지명도가 있지만…… 응? 뭐, 확실히 이게 남 일이었다면 나도 흥미진진하게 봤겠지만…… 응?"

스에하루가 쿠로하와 시로쿠사 쪽을 살펴보자 두 사람 모두 귀까지 새빨개진 채 절망에 빠져있었다.

"차암…… 하루 때문에…… 이젠 밖에서 돌아다니지도 못하겠잖아……."

"스짱…… 이거 어떡할 거야…… 책임져……."

스에하루는 눈 사이를 주물러서 눈의 피로를 풀고는 테츠히코의 멱살을 잡았다.

"테츠히코오오오오오! 야 이 자식아아아아아아! 전국구로 난리도 아니잖아아아아아! 책임지라고, 임마아아아아아!"

"책임질 사람은 너잖아, 스에하루. 남자답게 책임지라고."

"표현 조오오오옴! 오해받으면 어쩔 거냐고오오오오!"

그러는 사이에도 새로운 소란이 바로 앞까지 찾아와 있었다.

복도가 술렁이고 있었다. 그 술렁임은 점점 2-B로 다가왔고 소란도 더욱 커졌다. 그리고 소란의 중심에 있던 인물은 2-B의 교실 앞에 멈춰 서더니 단숨에 교실 문을 열어젖혔다.

"스에하루 오빠!"

주위를 압도하는 광채를 발하는 미소녀가 그곳에 있었다.

부드럽게 웨이브 진 길고 매끄러운 머리카락이 거친 숨결을 따라 위아래로 움직였다. 그럼에도 그 소녀의 몸짓에는 기품이 흘러넘쳤고 사람들을 매료하는 아몬드색 눈은 사랑스러움을 강조하고 있었다.

"야, 저 애—— '이상적인 여동생' 모모사카 마리아 아니야?"

올해 가장 히트했다는 평을 듣는 드라마의 주역을 연기한 신진 여배우의 이름에 주위 학생들이 탄성을 내질렀다.

하지만 마리아는 전혀 신경 쓰지 않았다. 스에하루를 발견하고는 눈물을 뚝뚝 흘리며 망설임 없이 스에하루의 품 안에 뛰어들었다.

""""뭐어어어어어어어어어?!""""

비명인지 절규인지 알 수 없는 남학생들의 굵직한 통곡이 메아리쳤다.

뛰어든 마리아의 기세에 스에하루는 엉덩방아를 찧을 뻔했지만 벽에 기대어서 겨우 버티고 있었다.

마리아는 그런 스에하루에게 얼굴을 가까이하며 눈을 빛냈다.

"마침내 찾아냈어요…… 스에하루 오빠……. 저예요…… 오빠의 모모예요……."

"아야야…… 모모야, 뛰어들 것까진 없잖아! 여전히 기운이 넘친다고 할지……."

"하지만…… 줄곧…… 줄곧 만나고 싶었단 말이에요……."

"그래도 반가운걸, 그 기운과 말투. 활약하는 모습은 보고 있었어."

"정말요?! 기뻐요!"

마리아는 또다시 스에하루에게 안겼다.

스에하루의 표정이 흐물흐물해졌다. 그 모습을 두 소녀는 놓치지 않았다.

"……스짱, 이 계집애————— 누구야?"

"나에게도 설명해줬으면 하는데…… 하루야?"

"히익……."

교실 안의 기온이 내려가며 그 너무나도 무시무시한 모습에 보고 있던 이들이 몸을 떨었다.

스에하루는 횡설수설하면서도 대답했다.

"그, 그게, 얘는 모모라고 하는데 아역 시절에 소속사 후배였어."

"예, 그래요!"

마리아는 스에하루에게 안긴 채 얼굴만 돌려서 말했다.

"얘가 예전엔 되게 내성적인 성격이어서 선배였던 내가 자주 돌봐 줬었거든."

"그 밖에도 연기를 가르쳐 주시거나, 같은 출연자와 지내는 법을 가르쳐 주시거나, 혼났을 때 감싸 주시거나……지금의 제가 있는 건 전부 스에하루 오빠 덕분이에요. 하지만 오빠는 갑자기 은퇴해 버리신 뒤로 연락도 되지 않아서…… 그랬는데 그런 동영상이 올라와서 가만히 있을 수가 없었어요……."

"알았어! 모모야, 알았으니까 좀 떨어져 줘! 너 인기배우잖아!

이런 모습을 남들이 보면 안 되는 거 아냐?"

"……상대가 오빠라면 괜찮아요."

"아니, 괜찮기는. 일에 영향이 생기니까 일단 좀 떨어져 줘."

"앗…….."

스에하루는 마리아를 들어서 옆으로 옮겼다.

"오빠도 참 그렇게 억지로…….."

마리아가 몸을 꼬며 빨개진 얼굴로 중얼거렸다.

거기서 시로쿠사가 공세에 나섰다.

"모모사카 양? 여기는 교실이야. 그런 외설적인 행동을 해도 된다고 생각하는 거야?"

"외설적……? 평범한 스킨십인데요……? 참고로 외설적이라는 건 야한 짓을 말하는 거죠? 야한 짓이 아닌데 그렇게 생각한다는 건 그 사람이 야하게 보기 때문이라고 생각하는데, 아닌가요?"

시로쿠사가 저도 모르게 말문이 막히자 이번에는 쿠로하가 끼어들었다.

"저기 말이야, 외부인이 학교에 들어오면 안 돼. 곧 선생님이 오실 테니까 하루를 보러 온 것뿐이라면 일단 돌아가는 편이 좋아."

"교문 앞에서 말을 걸어오신 선생님께 사인을 해 드렸더니 들어가도 된다고 하셨는데요?"

"이 학교 방범 상태가 어떻게 돼 먹은 거야?! 아니, 그보다 마음은 이해하는데 선생님이 그러면 안 되지?!"

스에하루의 태클에 마리아는 "그런가요?" 하고 순진하게 말했다.

이어서 마리아는 시로쿠사와 쿠로하를 한 사람씩 바라보다가 이윽고 고개를 끄덕였다.

"아~ 어디서 본 적이 있다고 생각했는데 그 동영상에 비친 두 분이시군요."

자세를 바로 한 마리아는 완벽한 에티켓으로 두 사람에게 인사했다.

"처음 뵙겠습니다. 저는 모모사카 마리아라고 해요. 오빠가 **전에** 좋아하셨던 분들―― 맞으시죠?"

""…………뭐?""

쿠로하와 시로쿠사가 미간에 주름을 잡았다. 그러나 마리아는 겁먹지도 않고 이어서 말했다.

"아뇨, 그러니까 정확하게 말하자면 '오빠가 좋아했었다고 하셨던 분'과 '오빠가 좋아한다고 하셨는데 차신 분' 이시잖아요? 그러니 **전에** 좋아하셨던 분들이라는 해석이 맞지 않나요?"

"끄윽――."

옆에서 듣고 있기만 하던 스에하루가 대미지를 입고 있었다.

무리도 아니었다. 아직 실연은 낫지 않았고 상처도 깊었다.

쿠로하와 시로쿠사는 찍소리도 내지 못했다.

마리아가 한 말은 사실이었고 틀리지 않았다. 비아냥이라면 불쾌하게 들리겠지만 솔직한 말이라는 것이 전해지는 만큼 반격할 구실이 없는 듯했다.

"오빠, 왜 그러세요? **과거의 여자들**과 같은 반이어서 거북하신가요?"

"그래…… 그래, 모모야. 솔직한 건 나쁘지 않지만 좀 더 말을 골라서——."

"걱정하지 마세요, 오빠. 제가 오빠의 고민을 전부 완벽하게 해소해 드릴게요. 그럴 게——."

마리아는 그 순간 얼굴을 빨갛게 물들이더니 달아오른 뺨을 양손으로 감쌌다.

"스에하루 오빠는 제 첫사랑이니까요——."

"""""뭐라고오오오오오오?!"""""

대인기 신진 여배우의 고백에 고함이 터져 나왔다.

남자들은 한계까지 무기를 준비하기 시작했고 여자들은 스캔들에 눈을 빛냈다.

"만나지 못하게 되고서 깨달았어요…… 오빠가 얼마나 제 마음의 버팀목이셨는지. 그러므로 저는 오빠를 위해서라면 무엇이든지 할 거예요. 물론 **과거의 여자들**은 잊게 해 드릴게요."

스에하루가 머뭇거리며 돌아보자 그곳에는 도깨비 같은 표정이 된 쿠로하와 시로쿠사가 있었다.

"아, 그렇구나…… 스짱에게 나는 과거의 여자구나…… 후홋. 뭔가 바늘로 눈을 찔러주고 싶은 기분이야……."

"잘됐네~ 하루야…… 나 대신 돌봐줄 사람이 생겨서……. 대신할 사람이 생겼다고 이 누나를 내치는 거구나…… 그렇구나……."

"으——."

"……꿀꺽."

감도는 긴장감에 모두가 침을 삼켰다.

가장 먼저 견디지 못하게 된 건 스에하루였다.

"아무튼 죄송합니다아아아!"

스에하루가 즉시 엎드려 비는 것으로 해결을 꾀했다.

쿠로하와 시로쿠사만의 문제였다면 그 선택도 괜찮았겠지만 이번 경우에는 마리아가 있었기 때문에 잘못된 선택이었다.

마리아는 곧바로 두 사람과 스에하루 사이에 끼어들었다.

"오빠, 어째서 그런 행동을 하시는 거예요. 오빠는 아무것도 잘못하지 않으셨잖아요. 두 분께서 오빠에게 심한 짓을 하신다면…… 제가 상대하겠어요!"

쿠로하와 시로쿠사의 관자놀이에 핏대가 섰다.

"흐음…… 이 애 성격 좋은걸? 나를 나쁜 사람으로 몰고 갈 셈이구나. 연옥으로 떨어트려 줄까?"

"하루야, 이 애 말인데, 뭔가 착각하는 모양이니까 말 좀 해줄래?——거슬리니까 사라져 달라고."

"히이익……."

"큰일 났어, 큰일……."

교실 안이 이 세상 것이 아닌 듯한 마경으로 변해 있었다.

구경꾼들은 새파래졌고 같은 반 애들을 벌벌 떨었다.

그런 상황이 일변한 건 완전히 별개의 세력 덕분이었다.

"거기, 너희! 뭐 하는 거야?!"

선생님의 등장에 세 소녀의 의식이 스에하루에게서 떨어졌다.

빈틈을 노려서 테츠히코는 스에하루의 등을 밀었다.

"야, 일단 지금은 도망쳐."

"테츠히코…… 땡큐."

스에하루는 지체하지 않고 창틀을 넘어 배관 파이프를 타고 교실에서 탈출했다.

"앗――."

"도망쳤겠다――."

그 모습을 본 쿠로하와 시로쿠사가 뒤쫓으려고 복도로 나갔다.

마리아도 뒤를 쫓으려고 했지만 테츠히코가 그런 마리아를 불러세웠다.

"모모사카 마리아 양―― 스에하루의 연락처를 알고 싶지 않아?"

"……!"

멈춰 선 마리아는 잠시 망설이는 기색이었지만 최종적으로는 핸드폰을 꺼냈다.

"……가르쳐 주세요. 그리고 당신은 누구신가요?"

"카이 테츠히코. 스에하루의 친구지."

"당신은 제 편이신가요? 아니면――."

테츠히코는 의미심장하게 웃었다.

"나는 재미있어 보이는 쪽 편이야."

첫사랑에 애를 태우고 복수심에 사로잡혔던 세 사람의 이야기
는 여기서 끝이 난다.

그러나 첫사랑은 영원. 복수가 끝나도 이야기는 이어진다.

이것은 그 프롤로그.

끝없는 사랑은 앞으로 어찌 될지.

그것은 또 다른 이야기였다.

후기

안녕하세요, 니마루입니다. 이번에 『소꿉친구가 절대로 지지 않는 러브 코미디』를 사 주셔서 감사합니다. 이전에 제 작품을 사 주신 적이 있으신 분은…… 오랜만입니다! 처음이신 분은 처음 뵙겠습니다! 여기까지 읽어 주셔서 감사합니다.

이번 작품은 제목대로 러브 코미디입니다. 최근에는 시리어스물만 쓰고 있어서 러브 코미디를 출판하게 되어 놀랍다는 것이 솔직한 감상입니다.

시리어스는 본능으로 쓸 수 있습니다. 두근거리는 방향으로 설정하고 캐릭터도 밸런스를 생각해서 배치한 뒤 복선을 준비하면 시간과 기세로 완성이 됩니다.

하지만 러브 코미디는 무척 섬세하다고 생각합니다. 특히 이번 작품처럼 SF 설정이 없는 학원물은 캐릭터와 대화, 캐릭터 간의 관계성으로 재미를 눌러 담을 필요가 있습니다. 그중에서도 중요한 건 캐릭터 간의 분위기라고 생각합니다만 개인적으로 이건 써 보지 않으면 파악하기가 힘들었습니다.

테마는 '오버스러운 청춘', '첫사랑', '복수'로 정해뒀기에 그걸 염두에 두고 쓴 결과가…… 보신 내용과 같습니다. 솔직히 말해서 평소의 세 배는 더 고민했습니다.

그렇게 완성된 이번 작품. 다 읽으신 뒤에 만약 재미있었다고 생각해 주셨다면 작가로서 이 이상 기쁜 일은 없습니다. 작가란 단순해서 보통은 그렇습니다.

오, 아직 페이지가 남았으니 잠시 근황을.

이번에는 오랜만의 출판이었는데 그 사이에 건강이 아주 좋아졌습니다.

금연에 성공했습니다. 배드민턴도 시작했습니다.

마음과 몸의 밸런스, 그리고 생활 습관, 그 전부가 중요하다는 것을 절실하게 느끼고 있습니다. 마음과 몸의 상태가 좋지 못하면 즐거운 일이 즐겁지 않게 느껴지기도 합니다. 그러므로 짚이는 데가 있으신 분이 계시면 조금씩이라도 좋으니 건강을 챙겨 주시길…… 경험담이었습니다. 그리고 이 작품이 그런 분께 있어서 기분 전환이 되면 좋겠다는 바람을 가지고 있습니다.

마지막으로 편집자이신 쿠로카와 님, 오노데라 님, 폐를 끼쳐서 죄송합니다. 일러스트를 담당하신 시구레 우이 님, 미려한 일러스트를 그려 주셔서 감사합니다. 그리고 저를 응원해 주시고 버팀목이 되어 주신 모든 분께 깊은 감사를 올립니다.

2019년 5월 니마루 슈이치

소꿉친구가 절대로 지지 않는 러브 코미디 1

2021년 02월 25일 제1판 인쇄
2021년 06월 10일 2쇄 발행

지음 니마루 슈이치 | **일러스트** 시구레 우이

옮김 김민준

발행 영상출판미디어(주)
등록번호 제 2002-000003호
주소 21311 인천광역시 부평구 평천로 132 (청천동)
전화 032-505-2973(代) | FAX 032-505-2982

ISBN 979-11-6625-687-5
ISBN 979-11-6625-686-8 (세트)

OSANANAJIMI GA ZETTAI NI MAKENAI LOVE COMEDY Vol.1
ⓒShuichi Nimaru 2019
Edited by 전격문고
First published in Japan in 2019 by KADOKAWA CORPORATION, Tokyo.
Korean translation rights arranged with KADOKAWA CORPORATION, Tokyo.
through Korea Copyright Center Inc.

 노블엔진(NOVEL ENGINE)은 영상출판미디어(주)의 라이트노벨 및 관련서적 브랜드입니다.

우리 옆집엔 천사님이 산다── 무뚝뚝하면서도 귀여운
이웃과의 풋풋하고 애틋한 사랑 이야기.

옆집 천사님 때문에 어느샌가 인간적으로 타락한 사연

1

후지미야 아마네가 사는 맨션 옆집에는 학교 제일의 미소녀인 시이나 마히루가 살고 있다. 두 사람은 딱히 이렇다 할 접점이 없지만, 비가 오는 날 흠뻑 젖은 시이나 마히루에게 우산을 빌려준 것을 계기로 기묘한 교류가 시작되었다.

혼자서 너저분하게 대충대충 사는 아마네를 차마 보다 못해, 밥을 차려 주거나 방을 청소해 주는 등 이것저것 챙겨 주는 마히루.

가족의 정을 그리워하면서 점차 다정한 모습을 보이기 시작하는 마히루. 그러나 그 호의를 알면서도 자신감이 없는 아마네. 두 사람은 자신의 마음에 솔직하게 굴지 못하면서도 조금씩 서로의 거리를 좁혀 나가는데 …….

© Saekisan
Cover Illustrations © 2019 Hanekoto
SB Creative Corp

사에키상 지음 │ 하네코토, 카즈타케 하자노 일러스트 │ 2021년 2월 출간

청춘의 상상, 시동을 걸어라!

제15회 MF문고J 라이트노벨 신인상 《최우수상》 수상작
지금은 죽고 없는 명탐정의 조수는 무엇을 생각하는가──.

탐정은 이미 죽었다

1~2

◆

고등학교 3학년인 나, 키미즈카 키미히코는
한때 명탐정의 조수였다.

"너, 내 조수가 되어줘." ──시작은 4년 전
지상 1만 미터 위의 상공. 하이재킹을 당한 비
행기 안에서 나는 천사 같은 탐정 시에스타의
조수로 선택되었다.

그로부터 3년, 우리는 눈부신 모험극을 펼쳤
고── 죽음으로써 헤어졌다. 홀로 살아남은
나는 일상이라는 이름의 현실에 빠져 안주하고
있었다. ……그걸로 괜찮냐고?

괜찮고말고. 다른 사람에게 피해를 주는 것도
아니니까.

그렇잖아? 탐정은 이미, 죽었으니까.

니고 쥬우 지음 | 우미보즈 일러스트 | 2021년 1월 출간
청춘의 상상, 시동을 걸어라!